www.tredition.de

Für mich.

Irina Riederle

Brimborium

...oder was das Herz nicht erträgt

www.tredition.de

© 2021 Irina Riederle

ISBN Softcover: 978-3-347-45910-6
ISBN Hardcover: 978-3-347-45911-3
ISBN E-Book: 978-3-347-45912-0

Druck und Distribution im Auftrag der Autorin:
tredition GmbH, Halenreie 40-44, 22359 Hamburg, Germany

Inhalt

„Sorry, please excuse me for my mess,
my heart's been pouring through my chest."

BoyWithUke / Two Moons

PROLOG

Es ist ein regnerischer Donnerstag im Oktober. Ich stehe an einer Bushaltestelle, der Wind peitscht mir ins Gesicht und mein Pullover klebt nass an meiner Brust. Ich friere. Meine Finger krampfen und klammern sich um ein durchweichtes, braunes Notizbuch. Vor einer Stunde erst saß ich noch auf einer ähnlich braunen Ledercouch. Sie ist an einer Stelle schon komplett durchgesessen und man sinkt jedes Mal noch ein Stückchen tiefer in das Polster ein. Besagte Couch steht bei meinem Psychologen und hat in ihrem Dienstleben bestimmt mehr Ärsche gesehen als eine Autobahntoilette. Meinen hat sie jetzt ganz schön lange nicht mehr gesehen. Ich war zuletzt vor über einem Jahr dort. Die Rückkehr hat sich wie ein Homecoming angefühlt. Als hätte ich ein Auslandssemester in Kanada verbracht und wäre jetzt endlich nach Hause gekommen. Während mein Körper auf dieser Couch versank, brach meine Seele aus mir heraus und breitete sich heulend in dem stickigen Raum aus. Am Ende verließ ich die Praxis um ein bis zwei Liter Tränenflüssigkeit ärmer aber um eben jenes, braune Notizbuch reicher.

Eine Feststellung: es gibt unendlich viele schlimme Dinge auf dieser Welt. Schmerz liegt aber nie im Auge des Betrachters, sondern immer im Herzen dessen, der ihn gerade ertragen muss. Mein Schmerz wiegt schwer. Er lässt mich weder schlafen noch essen. Ich möchte andauernd weinen und schreien und meine Faust gegen irgendwelche Wände rammen. Ich möchte ertrinken und nie wieder etwas fühlen. Das soll einfach alles aufhören. Weil es das von selber aber nicht wird, hat mein Hintern erneute Bekanntschaft mit der alten, abgesessenen Ledercouch geschlossen. Und jetzt stehe ich hier einsam und verloren. Mit diesem Notizbuch in der Hand an einer Haltestelle und warte auf einen Bus, in den ich nie einsteigen werde. Ich soll aufschreiben, was mich nachts wachhält. Soll in Wörtern beschreiben, was mein Herz nicht ertragen kann. Soll formulieren, wie es sich anfühlt, wenn man langsam den Verstand über einen anderen Menschen verliert und so der Lösung ein Stückchen näherkommen. Mir wieder näherkommen.

Es ist ein kalter Freitag im Januar. Ich bin auf einer Eisplatte ausgerutscht als ich meiner Freundin eine Nachricht auf ihrer Windschutzscheibe hinterlassen wollte. Wie aus dem Nichts warst du da. Hast mich taumeln und fallen sehen aber mir nicht geholfen. Mich nicht aufgefangen. Stunden später werde ich darüber im braunen Notizheft schreiben: An deiner Gleichgültigkeit werde ich irgendwann ersticken. Daran oder an dieser Liebe, die ich nach all der Zeit immer noch für dich empfinde. Aber eins ist klar, an dir werde ich ganz sicher zu Grunde gehen.

In den vergangenen Monaten habe ich mir das Gehirn zermalmt und meine Seele zwischen dünnen Seiten aus recyceltem Papier zerrieben. Mein Herz hat auf schwarze Tinte geblutet und meine Finger sind Wund von all den Zeilen, die ich halb an dich und halb an mich selbst gerichtet habe. Immer heimlich. Immer leise. Weil wir das ja so tun, wir leiden allein. Wer seinen wunden Punkt zeigt, riskiert, dass andere ihre Finger tief hineinbohren. Also schweigen wir. Tun alle so, als wäre das Leben eine bunte Tüte Gummibärchen, natürlich ohne Lakritze.

Es ist ein warmer Mittwoch im Mai. Ich sitze im Garten, trinke Weißwein und neben mir schnarcht das Hundekind zufrieden. Ich fasse einen Entschluss. Es wird Zeit, der Welt zu zeigen, wie weh das immer noch tut und wie wenig ich es schaffe vorwärts zu kommen. Das kleine, braune Notizbuch ist fast voll und gefüllt mit meinen Gefühlen. Ich glaube zu wissen, dass ich nicht der einzige Mensch bin, der taumelt und fällt. Der stolpert und verzweifelt. Ich bin mir sogar sicher, dass sich so schon andere gefühlt haben müssen und in Zukunft bestimmt auch noch so fühlen werden. Ich breche mein Schweigen und richte mein Wort direkt an dich, der du diese Zeilen liest: Du bist nicht allein. Egal wie schlimm und schrecklich dein Leben gerade zu dir ist. Wie ungerecht und unberechenbar. Ob du einen Anteil an deiner Situation zu tragen hast oder da vollkommen unschuldig hineingeraten bist. Ob du es am Ende schaffst oder nicht. Du bist nicht allein.

Vor dir sind schon so viele gefallen und gescheitert. Tatsächlich tun wir das alle. Niemand von uns kommt durch dieses Leben ohne blaue Flecken und Narben. Manche von uns kaschieren sie nur besser als die anderen und ich habe mich nun einmal dazu entschieden, sie offen vor mir her zu tragen. Sie aufzuschreiben und dir zu zeigen. Vielleicht fühlst du dich danach ein bisschen besser und ich mich nicht mehr ganz so schlecht. Wenn alles gut geht, lernen wir beide damit zu leben, zu lieben und wieder zu lachen. Denn es ist scheiß egal, ob du nachts sofort den Weg nach Hause findest, es zählt einzig und allein, dass du mutig genug bist weiter in die Dunkelheit zu gehen. Nur so kannst du am Ende dort ankommen, wo du hingehörst. Das braune Notizbuch war lange Zeit meine Taschenlampe und ich hoffe, dass dieses Buch auch ein Licht für dich sein kann.

DAS LEBEN IST SCHÖN.

Ich stehe auf der Terrasse und trinke meinen ersten Kaffee. Die Sonne scheint mir ins Gesicht. VERMISSEN. Ich bin das erste Mal dieses Jahr mit dem Board auf dem Wasser. Zwei Stunden lang drehe ich meine Runden auf dem See und betrachte die Fische unter mir. VERMISSEN. Ich habe Spinatbandnudeln mit Tomatengremolata gemacht, dazu gibt es Rinderfilet mit Parmesankruste, ein Glas Wein zu viel und laute Musik. VERMISSEN. Die Kinder liegen schlafend neben mir und sehen unfassbar friedlich aus. Ich bin müde und geschafft aber glücklich. VERMISSEN.

Ich habe mir ein Bett in den Garten gebaut, mit richtiger Matratze, und die erste Nacht draußen ist herrlich. Der Himmel ist sternenklar und da zieht eine Sternschnuppe an mir vorbei. VERMISSEN. Ich habe einen richtigen Lauf bei der Arbeit, alles was ich mir vorgenommen habe funktioniert und ich bekomme dafür viel Anerkennung. VERMISSEN. Der erste Urlaubstag wird traditionell mit Buttertoast zelebriert, ein Buch in der Badewanne am Freitag ist Balsam für die Seele und in Mamapapas Armen ist die Welt in Ordnung. VERMISSEN. Ich sitze abends auf dem Sofa und schreibe, trinke süßen Weißwein und im Hintergrund läuft eine Schallplatte von Reinhard Mey. VERMISSEN.

Das Leben ist schön. Das war es vorher schon und ich lebe für diese kleinen Momente. Die, wenn der Himmel in allen Farben des Regenbogens glänzt oder der Regen sanft gegen meine Scheiben prasselt. Wenn der Bäcker ums Eck endlich wieder Windbeutel hat oder ich das erste Eis des Jahres mit den liebsten Räubern esse. Wenn nach einem langen Winter die grüne Jacke wieder aus dem Schrank darf und die Monstera mich nach einem anstrengenden Arbeitstag mit einem neuen Blatt begrüßt. Wenn Mama und Papa zum Abendessen vorbeikommen oder ich bei meiner besten Freundin auf dem Sofa einschlafe.

Ich habe außerdem schon immer ganz bewusst diese kleinen Dinge gesucht. Das eine vierblättrige Kleeblatt oder die Wolke, die aussieht wie ein Dinosaurier. Die einzige Gitterkartoffel in der Tüte Pommes oder die Libelle, die unten am Fluss auf meinem Arm landet. Der Geruch von Gras nach einem Sommerregen oder das Gefühl von Buchseiten zwischen meinen Fingerspitzen. Das macht mich glücklich. Ehrlich und ganz tief glücklich. Ich habe noch nie mehr gebraucht. Und das Leben ist schön, ja. Es ist so verflucht schön. Aber seit ich dich kenne, ist da dieses vermaledeite VERMISSEN. An jedem Tag und in jeder Nacht vermisse ich dich. In absolut jedem dieser schönen Momente. Mit einem stechenden Schmerz in meinem Herzen. Weil ich das gerne mit dir geteilt hätte. Dieses Glück. Mein Glück. Das nie von dir abhängig war, aber exponentiell größer wird, wenn man jemanden hat mit dem man es teilen kann. Wenn ich das mit dir hätte teilen können.

So bleibt mir am Ende zwar ein verflucht schönes Leben aber eben auch ein unendliches VERMISSEN.

DER ROSA ELEFANT UND DIE BLAUE ELISE

Als ich über dich und mich nachgedacht habe (ich denke pausenlos über dich und mich nach), ist mir der rosa Elefant wieder eingefallen. Der, der da zwischen uns im Raum stand und dem wir keinen Namen geben wollten (oder besser nicht hätten sollen). Und während ich also über diesen Elefanten nachdachte, kam mir die blaue Elise in den Sinn. Du weißt schon, dieser leicht depressiv anmutende Ameisenbär von früher. Die immer dieser einen Ameise hinterherjagte wie der Coyote dem Roadrunner. Ich habe dir schon vom rosa Elefanten erzählt als du noch da warst (ich habe versucht ihn dir zu zeigen) und dann nochmal als du es nicht mehr warst (auf der Schreibmaschine habe ich's dir getippt) und jetzt habe ich das Gefühl, dass ich es noch einmal tun muss. Weil die Geschichte vom rosa Elefanten noch nicht zu Ende ist, auch wenn wir es sind.

Nachdem wir ihm nämlich keine Heimat schenken konnten oder vielmehr wollten, stand er wieder da. Ganz allein. Auf der Straße vor meinem Haus und wusste weder aus noch ein. Er wusste nicht wohin und er verstand auch nicht, warum er nicht mehr Zuhause sein kann. Egal an welchem Ort. Da war Leere in ihm. Nein, noch viel schlimmer. Da war das Gefühl von verloren sein, von nachts vom Weg abkommen und in eisiger Kälte immer im Kreis laufen, bis sich am Ende alles um die eigene Achse dreht. Also blieb er stehen. Eine unendlich lange Zeit.

Er hat sich geweigert fort zu gehen. Zu akzeptieren. Sich aufzumachen und was Neues zu riskieren. Er ist einfach da stehen geblieben wo er war. Wo Zuhause war. Irgendwann einmal. Er stand da so lange. So stur. Bis er begann sich in seine Einzelteile aufzulösen. Er drohte gänzlich zu verschwinden und seine Existenz zu vergeuden. Weil er an etwas festhielt, das es nicht gibt. Vielleicht auch nie gab. Und er erkannte nicht, dass in absolut jedem Ende auch ein Neubeginn steckt, wenn man nur ein bisschen mutig ist. Und dann entdeckte er sie, die blaue Elise. Er weiß nicht wie lange sie da schon in seiner Straße stand. Oder woher sie kam. Aber da war sie. Und manche Dinge müssen wir gar nicht erklären, verstehen oder begreifen können. Im Endeffekt nimmt uns das nur viel zu oft den Zauber weg. Irgendwann trafen sich dann aber ihre Blicke. Die von der blauen Elise und dem rosa Elefanten.

„Wo kommst du her?" rief er ihr über den Lärm der vorbeifahrenden Autos hinweg zu.

„*Unwichtig!*", schallte es von der anderen Seite zu ihm zurück.

„Und wie lange stehst du da schon?"

„*Eine Weile.*"

„Und was machst du hier?"

„*Das weiß ich noch nicht. Und du?*"

„Ich habe mich verloren und hoffe mich hier wieder zu finden."

„*Das wird nicht funktionieren.*"

„Warum?"

„*Weil man sich nie dort findet wo man sich verloren hat. Das funktioniert vielleicht mit einer Geldbörse oder einer Brille, aber nicht mit einer Seele.*"

„Und was soll ich deiner Meinung nach stattdessen tun?"

„*Es nochmal versuchen.*"

„Was denn genau?"

„*Na das finden.*"

„Ich weiß ja aber gar nicht wo ich anfangen soll, wenn ich ehrlich bin."

„*Fürs Erste vielleicht da drüben.*" Die blaue Elise deutete auf eine Wegkreuzung.

„Und welche Richtung soll ich nehmen?"

„*Ganz egal.*"

„Aber was, wenn ich mich für den falschen Weg entscheide?"

„*Dann versuchst du eben den anderen.*"

„Und wenn der wieder falsch ist, was dann?"

„*Dann suchst du dir nochmal einen ganz neuen Weg.*"

„Und wenn ich mich verletzte, auf einem der falschen Wege?"

Die blaue Elise musste derb lachen und zeigte dem rosa Elefanten all ihre Narben.

„Guck mal, die hier (sie zeigte auf eine große, ausgefranste am Bauch), die habe ich von einem Staubsauger, den ich inhaliert habe und den man mir rausschneiden musste, als ich versucht habe diese dämliche Ameise zu fangen. Und hier oben auf meinem Kopf, da wachsen schon gar keine Haare mehr, weil mir unendlich viele Male etwas drauf gefallen ist (Bowlingkugeln, ein Toaster, zwei Waschmaschinen und ein Kleinwagen) und ich fürchte mein Gehirn sitzt auch ein bisschen locker mittlerweile. Ich könnte dir noch stundenlang meine Narben zeigen und die Geschichten erzählen, die dazu geführt haben. Aber am Ende sind es alles nur Zeichen davon, dass ich's immer wieder versucht und niemals nie nicht aufgegeben habe.“

„Willst du mir jetzt ernsthaft sagen, dass man sich zwingend verletzen muss?“

„Naja ob du unbedingt musst weiß ich nicht, aber manchmal lässt es sich eben nicht verhindern. Nur aufgeben darfst du deswegen halt noch lange nicht. In jedem Scheitern liegt die Chance für etwas neues Großes. Manchmal hast du die zündende Idee auch erst nachdem die letzte arg in die Hose ging und dein Ziel findest du oft nur wenn du dich vorher ordentlich verlaufen hast. Apropos verlaufen, ich sollte dann auch mal wieder los. Tschüss!“

„Hey, warte mal ich muss da noch was ganz Wichtiges wissen bevor du gehst...“

„*Was denn?*"

„Wird mein Herz wieder ganz?"

Die blaue Elise lächelte nur, drehte sich endlich um und verschwand im Sonnenuntergang. Der rosa Elefant sah ihr noch eine Weile lang nach und machte sich dann auch auf den Weg. Als er sich sicher war, seinen eigenen gefunden zu haben, blickte er noch einmal zurück auf all das, was er jetzt hinter sich lassen würde und marschierte dann mutig Richtung Horizont.

Wenn es nicht wieder ganz wird, dann wird es vielleicht ein Rechteck. Oder ein Kreis. Aber egal was es wird, ich werde es immer wieder riskieren und nicht mehr aufgeben. Für mein ganz eigenes, großes Glück am Ende des Weges.

POST FÜR DICH

Eines vorab: ich schreibe dir diesen Brief nicht für dich. Also schon für dich aber eben nicht nur. Ich schreibe diesen Brief vor allem für mich, weil ich ihn eigentlich gerne von dir bekommen hätte.

I

Es tut mir leid.

II

Es tut mir überhaupt nicht leid. Ich sehe nicht ein warum es mir leidtun sollte. Mein Opa hat mir einmal gesagt, dass man sich für die Wahrheit nicht zu entschuldigen braucht und Toten widerspricht man bekanntlich nicht. Also scheiß auf die Entschuldigung. Ich liebe dich. Ich liebe dich und dafür werde ich mich nicht mehr schämen. Ich werde mich nicht mehr in der Dunkelheit verstecken, damit du mich weiter ignorieren kannst. Ich werde nicht stumm weiter so tun, als hätte es da keinen Funkenschlag zwischen uns gegeben.

III

Ich möchte deine Entscheidung gerne akzeptieren und erwachsen damit umgehen auch wenn es mich buchstäblich zerreißt. Ich würde dir gerne ein letztes „Mach's gut" zurufen indem unendliche Hoffnungslosigkeit mitschwingt und dann doch auf diesen Abschied verzichten.

DENKMAL

Es hat mit einem faszinierenden Gespräch und mit einem tiefen Blick in deine Augen begonnen, geendet hat es in Liebe. Mit dir zusammen konnte ich dann endlich von einer Zukunft träumen, die ich mir alleine immer verwehrt habe. Das kleine Glück von uns beiden haben wir aufsummiert zum großen Ganzen am Ende.

Wir leben fortan in dieser schillernden Seifenblase, in der wir das Beste von uns gegenseitig zu Tage fördern, ohne jemals den Druck von „müssen" zu verspüren oder an zu hohen Erwartungshaltungen zu zerbrechen. Wir wachsen einfach gemeinsam, wie die Pflänzchen in unserem Garten. Zu der wundervollsten Version von mir und dir und uns, die wir nur sein können. Wir sind nicht frei von Fehlern und auch wir stehen vor Herausforderungen, die uns anfangs unmenschliche Angst einjagen und von denen wir glauben, sie niemals bewältigen zu können. Aber in den Momenten, in denen ich am meisten zweifle, an mir und der Welt und meiner bloßen Existenz, da nimmst du meine Hand und zeigst mir eine Abkürzung oder einen Geheimweg, den ich alleine niemals gefunden hätte.

Das Leben ist nie einfach, aber einfacher mit dir. Da kann ich dann auch mal zufrieden sein mit den Zeiten in denen so gar nichts voran geht oder ich mit einem Rückschlag zu kämpfen habe. Ich liebe das. Du bist einfach immer da. Ein Mensch nur für mich ganz alleine. Und du bist noch so viel mehr, du bist der Ort an dem ich furchtbar laut und gleichzeitig ganz still sein kann. An dem ich keine Maske tragen muss, wozu auch, dir mache ich ohnehin nichts vor. Du durchschaust mich, als wäre ich aus Glas gemacht. Für mich hingegen bleibst du oft ein Rätsel, das zu lösen ich mir zur Aufgabe meines Lebens gemacht habe und trotzdem bin ich es, zu der du abends nach Hause kommst und bei der du die Last auf deinen Schultern ablegen kannst. Ich könnte noch zehntausend Jahre davon schreiben, wie viel du mir bedeutest und wie wertvoll du für mich und mein Leben bist aber am Ende wäre es nie genug. Ich versuche es dennoch. Baue dir ein Denkmal aus Papier, genau hier. Dir und mir und dem, was wir gemeinsam geworden sind. Darauf steht: Ich liebe uns.

FALLING SLOWLY

Manche Veränderungen, die geschehen schleichend. Ohne, dass du davon überhaupt eine Ahnung hast, krempeln sie dein Leben um. Durchziehen deinen Körper wie ein Geschwür. Und wenn du dann endlich das Bewusstsein dafür entwickelst, ist es schon zu spät und du befindest dich in diesem Strudel aus Altem und Neuem. Bist irgendwo zwischen verlieren und finden gefangen. Zwischen Abschied und Neuanfang.

Auch wenn es dich verwirrt und du dir ein bisschen durchgerüttelt vorkommst, das sind die guten Arten der Veränderung. Die, in die du langsam hineinwachsen kannst und die dir immer noch einen Funken Kontrolle überlassen. Die, in denen du langsam aber sicher fällst. Langsam. Sicher. Die gefährlichen Veränderungen sind die, die über Nacht geschehen. Du gehst als jemand ins Bett, den es am Morgen schon nicht mehr geben wird. Meistens passiert das durch irgendwelche äußeren Einflüsse. Du warst eine dieser schnellen, unbeherrschbaren Veränderungen in meinem Leben. Ich hatte keine Chance mitzubestimmen.

Du warst da und ich war plötzlich der Mensch, der ich immer sein wollte. War clever und selbstbewusst, witzig und tiefgründig. Du warst da und ich war mir sicher, das ist jetzt das Happy End, von dem wir alle immer träumen. Ich bin nicht langsam gefallen. Nicht sicher gelandet. Auf dem Weg nach unten traf mich erst der Schlag der Erkenntnis und dann auch noch die bittere Realität, das Wissen darüber, dass auch die besten Dinge enden. Ich falle immer noch. Zu schnell. Ich befinde mich in einem Strudel und weiß nicht mehr wo oben oder unten ist. Wo der Anfang und das Ende. Links oder rechts. Das spielt alles überhaupt keine Rolle mehr.

Weil ich meine Rolle in dieser Geschichte ohnehin nicht finden kann. Ich möchte nicht mehr das Mädchen sein, das verzweifelt auf deine Rückkehr wartet. Ich möchte nicht hier stehen und dich vermissen, Tag aus; Tag ein. Ich möchte nicht wütend auf mich selber sein und die Fehler alle bei mir suchen. Ich will mich nicht mehr in Arbeit stürzen um die Stimmen in meinem Kopf wenigstens für eine Sekunde zum Schweigen zu bringen. Ich möchte hier nicht jede Nacht wachliegen und in meine Bettlaken schreien wie sehr du mir fehlst und wie unbeschreiblich diese Gefühle für dich sind. Ich will nicht mehr die sein, die ich war, bevor ich dich getroffen habe aber ich will auch auf keinen Fall meinen jetzigen Zustand behalten. Und so paradox es klingt, ich möchte auch niemand anderes werden. Ich falle einfach immer weiter.

Ich falle immer noch. Falle. Falle. Falle. Nicht langsam, nicht sicher. Ich rase mit Überschallgeschwindigkeit dem Boden entgegen und erwarte jede Sekunde den Aufprall. Und zur selben Zeit warte ich darauf, dass du dieses sinkende Boot doch noch nach Hause lotst. Ehe es in Flammen aufgeht. Bevor ich es in Brand stecke, weil ich dieses ewige Fallen nicht mehr ertragen kann. Nicht in dieser Geschwindigkeit.

Ich bin bereit, wenn du es bist. Schick mir ein Zeichen und ich werde antworten. Versprochen. Sehr wahrscheinlich fallen wir dann beide, aber wenigstens nicht allein und mit Sicherheit langsamer. Traust du dich?

SCHMETTERLINGE

Wie oft hast du das Märchen von den Schmetterlingen im Bauch schon gehört? Hat man sie dir als Kind auch angepriesen, als den ultimativen Beweis dafür, dass du nur dann richtig verliebt bist, wenn du diesen Insektenschwarm durch deine Eingeweide fliegen spürst? Ja? Und wie oft hast du schon gezittert und gebebt, warst nervös und dir war furchtbar schlecht, deine Hände haben geschwitzt und dein Herz ist gerast als wärst du eben einen Marathon gerannt? Wann hast du diese Schmetterlinge in deinem Bauch bemerkt? Bestimmt unzählige Male aber mit Sicherheit mindestens einmal in deinem Leben.

Und was, wenn ich dir jetzt sage, dass das kein Verliebtsein war. Weil diese Schmetterlinge gar keine Schmetterlinge sind, sondern Hornissen. Scheiße gefährlich und derbe ungesund. Lebensbedrohlich und nichts worüber du dich freuen solltest, auf gar keinen Fall etwas, das erstrebenswert ist und ganz bestimmt hat das nichts mit Liebe zu tun. Die Hornissen in deinem Körper, die sind ein Warnsignal. Weil du im Begriff bist, dich zu verlieren. In einer anderen Person, von deren Zuwendung du dich abhängig machen wirst, weil du unbedingt nochmal diese falschen Schmetterlinge spüren möchtest. Das haben dir ja immer alle als Liebe verkauft, als gutes Zeichen.

Bis ich kam. Denn die Wahrheit ist: bleib weg von Menschen, die Hornissen in dir freilassen. Liebe ist wesentlich unspektakulärer. Es ist Ruhe und Zufriedenheit, es ist genug. Du bist genug. Und du und diese andere Person zusammen, ihr fühlt euch nach Zuhause an. Mehr nach Zuhause als ein Ort es je könnte. Und wenn er oder sie da ist kannst du dir vorstellen, dass alles möglich ist, aber nichts muss. Absolut nichts muss sich verändern und an aller letzter Stelle müsstest du das. Du hast einen sicheren Hafen angesteuert und es liegt an euch wann ihr von dort aus weiter segeln möchtet. Vielleicht morgen, vielleicht auch nie. Und es wird gut sein. Ihr werdet euch gegenseitig nicht das Gepäck abnehmen, das ihr bis dahin mitgebracht habt. Aber wenn dein Rucksack dir für einen Moment zu schwer wird, dann trägt ihn halt der andere ein Stück und umgekehrt. Damit ihr beide möglichst weit kommt. Von Schmetterlingen oder von Hornissen wird dort keine Spur sein. Es fühlt sich eher an wie ein Sonnenuntergang am Meer. Es ist ruhig und strahlt in goldenen, gelben, roten und orangenen Farben in dein Herz und du weißt, dass das gewaltig ist ohne, dass die Flut dich mitreißen muss um es dir zu beweisen. Du brauchst diese Schmetterlinge nicht und ihre Abwesenheit ist kein Beweis dafür, dass es keine Liebe ist. Im Gegenteil.

STOPPSCHILD

Ich kann dir nicht sagen wann genau oder weshalb es zwischen uns erst schmierig und dann schwierig wurde. Ich weiß nicht wann der Tag kam, an dem ich mich nicht mehr getraut habe, dir zu schreiben oder ich dem Drang, bei dir anzurufen einfach nicht mehr nachgegeben habe. Du bist mir plötzlich fremd geworden und trotzdem nie richtig.

Aber dieses Stoppschild, das du mir so permanent vor die Nase hältst, das hat seinen Zweck erfüllt und hält mich fern von dir. Als ich der Sache zwischen uns mal wieder auf den Grund gehen wollte, um einen guten Umgang damit zu finden, bin ich dir vor die Haustüre gestolpert. Und du kannst sagen was du willst, du kannst so viel mit dem Stoppschild wedeln wie du möchtest und noch so hohe Mauern um dich herum aufbauen aber wenn wir zusammen sind, dann passiert da doch was.

Bei mir passiert dann ganz viel. Wenn ich zum Beispiel Zuhause sitze und damit hadere, dass du mich auf Abstand hältst und ich nicht weiß wie ich damit umgehen soll dann macht mich das wahnsinnig und ich nehme mir fest vor, dass ich dich nicht mehr so ansehen werde, wie ich es immer tue. Dass sich mein Herzschlag das nächste Mal nicht beschleunigen und ich mich dir nicht so extrem verbunden fühlen werde. Dass ich dich jetzt auch einfach behandeln werde wie Luft und für meine Antwort auf deine Nachricht gut und gerne zwei Wochen brauche. Ich nehme mir ganz fest vor, dass du mir nicht mehr die Welt bedeutest.

Aber dann stehst du vor mir und all meine Vorsätze sind wie weggeblasen. Du schaust durch mich hindurch als wäre ich aus Buntglas und ich kann nichts vor dir verheimlichen. Ohne mir einen Vorwurf zu machen oder einen Vortrag zu halten machst du mich auf ziemlich ungesunde Angewohnheiten aufmerksam und ich kaufe dir ab, dass du das tust, weil du dich um mich sorgst. Du interessierst dich immer für das was ich tue oder was mich umtreibt und auch wenn mein Leben gerade steil bergab läuft, kannst du mich für einen Sekundenbruchteil bremsen, von den Klippen weglotsen und mich zum Lachen bringen.

Und das kannst so nur du. Nur du kannst diesen Sturm in mir zum Schweigen bringen und nur weil du es schwingst, kann ich an diesem scheiß Stoppschild halten. Und weil ausgerechnet nur du das kannst, kann ich nicht von dir lassen. Ich komme immer und immer und immer und immer wieder zurück zu dir und halte brav den Abstand ein, den du definierst. Weil ich weiß, dass du mein Mensch bist aber ich eben nicht deiner. Und ich habe irgendwann aufgehört dich davon überzeugen zu wollen, dass ich es doch sein könnte.

MIT DEM EDDING IM GESICHT

Da sitzen wir. In diesem Selbstfindungs-Ayurveda-Chakren-Räucherstäbchen-Heilstein-Seminar. Auf Yogakissen, die alle außer mir augenscheinlich super bequem finden. Mir tun davon entweder die Knie weh oder schlafen die Füße ein. Das hat für mich schon des Öfteren ein böses Ende genommen. Letzte Woche erst habe ich nicht mitbekommen, dass mir beide Beine eingeschlafen sind und als ich aufstehen wollte bin ich einfach umgefallen. Mit der Nase bin ich dann aufs Parkett geknallt, weil ich über die Körperbeherrschung eines betrunkenen Walrosses verfüge. Aber genug davon und zurück zum eigentlichen Schauplatz dieser Geschichte. Zurück zum SACRHS, wie wir hippen Leute aus der Szene dieses Seminar nennen, oder das Vorzimmer zur Hölle, wie ich es nenne.

Da sitzen wir jedenfalls alle wieder. Wie jede Woche. Auf diesen beschissenen Yogakissen und hören uns an, was andere Leute über unseren Selbstwert denken. Wie man den definiert und dann beschwingt und einfach durchs Leben geht. So ein Mumpitz. Ich kenne meinen Selbstwert, bemesse ihn tatsächlich sogar sehr hoch, aber einfach und beschwingt ist an meinem Leben gar nichts. Okay das stimmt nicht. Mein Vermieter dürfte beschwingt durch die Wohnung tanzen, jedes Mal, wenn ich ihm die Miete pünktlich zahle. Mein Leben dagegen ist eine Aneinanderreihung von viel zu vielen „Was zum Kuckuck soll das denn jetzt schon wieder" – Momenten. Dieses Seminar hat mir bislang übrigens auch noch keine Verschnaufpause davon verschafft. Im Gegenteil. Heute sollten wir uns gute Worte auf die Seelen schreiben. Buchstäblich. Um mich herum sind alle sofort begeistert als eine Bambusschale mit Stiften durch die Reihen geht. Wir sollen uns vorstellen, unsere Körper sind die Leinwand unseres Seelenlebens und darauf sollen wir zeichnen, schreiben oder malen, was uns so besonders macht.

Die anderen fangen an. Schreiben sich die Beine und die Arme voll und ich sitze einfach nur da. Auf diesem unbequemen scheiß Kissen und weiß nicht was ich schreiben soll. Weiß nicht, was ich mir selber sagen soll. Da ist auf einmal ein luftleerer Raum in mir, den ich nicht füllen kann. Und dann kamst du. Mit einem Edding in der Hand. Hast nicht gefragt. Nicht gewartet. Du warst nicht vorsichtig oder zurückhaltend. Du hast mir mit dem Edding ins Gesicht geschrieben was du von mir hältst. Hast mir all die wundervollen Dinge an mir gezeigt, von denen ich immer wollte, dass sie der Welt auffallen.

Wenn mir jemand vor einem Jahr erzählt hätte, dass ich es als pure Glückseligkeit empfinden würde, dass mir jemand mit einem scheiß schwarzen Edding im Gesicht rummalt, ich hätte ihn einweisen lassen. Dann reichst du mir einen Stift und ich schreibe auf dir. Schreibe wie schön du bist. Ich male einen Picasso auf deine Haut und als mir der Platz knapp wird, stelle ich fest, dass es nie genug Wörter geben wird, um dir zu sagen, wie wundervoll und einzigartig du bist. Wie besonders.

Vier Stunden später bin ich Zuhause und betrachte mich im Spiegel und mich durchströmt ein Gefühl von tiefer Zufriedenheit. Und eines ist mir augenblicklich klar: Ich möchte, dass das für immer so bleibt. Will mich nie wieder anders fühlen, als in diesem Moment. Geliebt, wertvoll und vor allem: gesehen. Gesehen, wie ich wirklich bin und trotzdem hast du dich nicht von mir abgewendet. Hast in die tiefen, dunklen Abgründe meiner Seele geblickt und dennoch das Licht erkennen können, das ich irgendwo in mir herumtrage. Ich kann es kaum erwarten, dich nächste Woche wieder zu sehen.

Das Ende sehen wir oft nicht kommen. Und meistens sind wir verwirrt, wenn die Dinge nicht so verlaufen, wie wir es in unseren Köpfen vorgeplant haben. Aber damit, damit konnte ich ja wirklich nicht rechnen. Während ich die ganze Woche auf deine Wörter aufgepasst und sie mir nicht abgewischt habe, sehe ich an dir nicht ein einziges. Nicht mal den Hauch einer Spur davon, dass ich dich berührt habe. Und es kommt noch schlimmer: du scheinst mich nicht zu erkennen. Beachtest mich nicht. Würdigst mich keines Blickes. Ich bin davon so entsetzt, dass ich auf der Stelle umkehre und zurück in die Nacht renne. Bis ich irgendwann verschwitzt und außer Atem vor meiner Haustüre, später dann in der Dusche stehe.

Ich versuche, deine Spuren von mir abzuwischen. Ich schrubbe wie eine Irre. Ich kratze mir die Haut wund, aber der Edding bleibt. Du bleibst. Und da wird mir bewusst: ich habe dir einen Edding in die Hand gedrückt, du mir einen Bleistift. Für dich war es nur ein Moment, nichts Besonderes. Aber für mich war es ein Versprechen für die Ewigkeit.

TINDERAMADRAMA

„Also ich nehme auf jeden Fall die Forelle. Frische Forelle. Es gibt nichts Herrlicheres, und was isst du?"

Ich blicke weiterhin vertieft in die Karte. Fisch, denke ich. Das isst du nicht. Überhaupt gar nichts was aus dem Wasser kommt. Außer Ente. Aber die ist natürlich auf und nicht im Wasser. Ich muss schmunzeln.

„Bist wohl eine Unentschlossene was?"

Er lacht. Ich nicht. Unentschlossen, das kann sein. Dabei war ich das nie. Vor dir jedenfalls. Ich wusste immer was ich will und auch was ich nicht will. Dinge, die mir da nicht in den Kram gepasst oder in die Karten gespielt haben, habe ich von vornherein zum Mond geschossen.

„Was isst du denn jetzt?" mein Gegenüber wird langsam ganz schön unruhig. Oder sehr hungrig. Ich blicke von der Karte hoch, ihm kurz in die Augen und dann direkt wieder zurück. Mein Blick bleibt bei den Rosmarinkartoffeln hängen. Soll ich? Obwohl ich weiß, dass sie gut schmecken werden, zögere ich.

„Ich nehme die Rosmarinkartoffeln", stammle ich. Mein Gegenüber zeigt sich davon wenig begeistert.

„Nur Kartoffeln?" er starrt mich ungläubig an.

„Ja, ich eh, ich sterbe für Kartoffeln" antworte ich und denke zurück an den Tag, an dem du eigentlich Zitronenhühnchen machen wolltest und dann stattdessen Schweinelende gemacht hast, weil Kartoffeln da viel besser dazu passen und du meinetwegen eben unbedingt was mit Kartoffeln kochen wolltest. Die du dann elendig versalzen hast und die trotzdem die besten Kartoffeln der Welt waren. Jetzt sitze ich hier, mit einem Mann, der mir wildfremd erscheint und das zu allem Übel auch noch ist.

Ein Tinderdate. Eins von vielen. Weil ich mir eingebildet habe, dass mir das jetzt bestimmt hilft. Über all das, über dich und mich hinwegzukommen. Mittlerweile wurde unser Essen serviert. Er trank zu seiner Forelle schweren Rotwein, obwohl der so gar nicht zu Fisch passt. Noch vor einem Jahr hätte ich es ihm gleichgetan. Stattdessen ist in meinem Glas Weißweinschorle, süß.

Der Abend plätscherte so dahin. Die Gespräche blieben oberflächlich. Ich lachte hin und wieder verlegen, war in Gedanken aber meilenweit weg. Ich war an einem anderen Ort zu einer anderen Zeit. Dort war ich glücklicher. Ich war bei dir.

Nach dem Essen wollte er noch mit zu mir, ich habe dankend abgelehnt. Nein, es liege nicht an ihm habe ich gesagt (das war die Wahrheit), ich sei einfach noch nicht bereit für was Neues (auch das war die Wahrheit) und es war trotzdem ein sehr schöner Abend den ich total genossen habe (das war dann nicht mehr ganz die Wahrheit).

Auf dem Weg nach Hause habe ich Musik gehört, jedes Lied schrie deinen Namen. Daheim empfing mich dann eine weitere

Flasche Wein. Auf meinem Handybildschirm, neue Benachrichtigungen von Tinder.

Zwölf Tequilashots später: swipe, swipe, swipe, zwei Nachrichten, eine neue Verabredung. Es fühlt sich mehr an wie ein Spiel anstatt echter sozialer Interaktion. Swipe, swipe, swipe, ein Dickpic und vier dämliche *„Na Süße, du wirkst mega sympathisch"*. Ich muss hysterisch lachen, total sympathisch wie ich hier in T-Shirt und Unterhose auf meinem Sofa sitze, mit verheulten Augen, einer leeren Schachtel Kippen und mehr Alkohol als eine Leber im Leben vertragen kann.

So viele Menschen, die mich kennen lernen möchten. Wahrscheinlich will die Hälfte davon mich nur ins Bett bekommen. Arme Teufel. Sie wissen ja nicht, dass ich für all das gar nicht bereit bin. Status: nicht verfügbar. Wie automatisch mache ich zwischen all den Nachrichten mit fremden Männern immer wieder dein Chatfenster in WhatsApp auf. Ich starre auf dein Bild. Tippe Zeile um Zeile. Wie sehr ich dich vermisse und wie krass ich mich hier gerade verrenne ohne dich. Dann lösche ich alles wieder. Wort für Wort.

Swipe, swipe, swipe, zwei neue Nachrichten, ein neues Match.

„Hallo schöne Frau, Lust auf ein Treffen? Du wirkst super interessant."

„Klar gerne, morgen Abend? Danke fürs Kompliment."

Ich lege den Kopf in den Nacken und kippe noch ein Glas Tequila hinunter. Ein weiterer lächerlicher Versuch nicht an dich zu denken. Ein weiteres hoffnungsloses Unterfangen. Noch eine dämliche Bemühung in anderen zu suchen, was ich in dir doch schon lange gefunden habe und unmöglich ersetzen kann.

WER WEISS DAS SCHON

Wer von uns weiß schon, wie viel Zeit uns bleibt. Alles was wir haben ist das Heute. Denn schon Morgen kann alles vorbei sein also lass mich dich lieben: Heute.

UNWAHRHEIT

Ich könnte jetzt davon reden, dass es besser wird, das Vermissen irgendwann aufhört und du morgens nicht mehr mit dieser endlosen Schwere ums Herz wach wirst. Ich kann dir stattdessen aber nur das eine sagen: Es wäre gelogen. Alles eine einzige, gottverdammte Lüge. Weil es in der Realität nämlich so ist, dass es jeden Tag schlimmer wird und du deine Zeit damit verbringst zu suchen: nach dem Fehler und dem einen Moment in dem sich das Blatt gewendet und dich ins Unglück gestürzt hat. Und obwohl dich diese Suche langsam aber sicher um den Verstand bringt, kannst du nicht anders. Aber, und das ist die gute Nachricht: Weder Wahrheit noch Lüge werden etwas an deiner Situation ändern, die Dinge sind jetzt nun mal so, wie sie sind. Und Zeit, Zeit heilt vielleicht nicht alle Wunden, aber irgendwann lernt man auch mit einem gebrochenen Herzen zu lieben.

DER SOMMERJUNGE UND DAS WINTERMÄDCHEN

Wenn ich die Augen schließe und an den Sommer denke, dann sehe ich dich. Ich sehe immer nur dich. Dich am See, mit einer Zigarette in der einen und einem Glas Wein in der anderen Hand. Dich in einer Hängematte auf dem Balkon, wie du nach Sternschnuppen greifst. Ich sehe dich mit der Gitarre am Lagerfeuer. Sehe dich tanzen an der Donau. Ich schaue dir zu, wie du den Sonnenuntergang betrachtest. Ich sehe dich, wie du eine deiner vielen Geschichten vom Leben erzählst. Ich sehe dich lachen und wie die kleinen Falten um deine Augen verraten, dass du das schon viele Sommer lang machst. Ich denke an den Sommer und sehe dich.

Aber das war nicht immer so. Früher war mir der Sommer fremd. In meiner Welt, war der Sommer nichts Erstrebenswertes. Da waren immer viel zu viele Menschenmassen an überfüllten Stränden oder Seen. Verklebte Eishände, die Ameisen und Wespen anlockten. Da waren Sonnenallergie und Heuschnupfen. Und immer dieser allgegenwärtige Gesellschaftsdruck das alles auf Teufel komm raus toll finden zu müssen. Man muss ja auch raus gehen und das Leben genießen, man muss so viele Dinge erleben (Glühwürmchen und Grillpartys, Sonnenbrand und Stockbrot, Zelten und eine Kajaktour). Man muss den Sommer halt auch einfach lieben. Mir war das immer zu viel. Zu gespielt. Zu gezwungen. Zu viel müssen.

Meine Welt war der Winter. Der ist in meinen Augen total unterbewertet. Wird zu Unrecht auf Weihnachten reduziert (Weihnachten ist trotzdem arg großartig, keine Bange) und hat so viel mehr zu geben. Mein Winter ist ruhig und magisch. Da ist diese Stille in der Welt und die vielen Lichter, die einen auch von Weitem erahnen lassen, wo Zuhause ist. Oder sein könnte. Im Winter ist der Himmel so klar, dass die Sterne zum Greifen nahe sind und meistens ist keine einzige Wolke zu sehen. Die Luft ist frisch und kalt, füllt deine Lungen und manchmal fühlt sie sich an wie kleine Nadelstiche, die sich den Weg durch deinen Körper bahnen mit jedem Atemzug den du machst. Und wenn du sie wieder ausatmest, diese eiskalte, klare Luft, dann entstehen winzig kleine Wolken. Eis und Raureif glitzern in allen Farben des Regenbogens, wenn die Wintersonne darauf scheint und das knacken und knirschen von Schnee unter meinen Sohlen ist wie Musik in meinen Ohren. Ich bin Zuhause im Winter. Der Sommer war mir fremd und unheimlich.

Dann kamst du. An einem warmen, sonnigen Tag Anfang September. Und obwohl der Sommer sich kalendarisch schon fast verabschieden wollte, hattest du ihn zu Genüge im Gepäck. Wo du warst, war Sommer. Ein ganz anderer als ich ihn kannte. Und auf einmal war da auch Sommer in mir. Und noch etwas ist mir zum ersten Mal passiert, in diesem Sommer. Ich habe einen anderen Menschen gesehen und nicht nur durch ihn hindurchgeblickt. Ich habe dich gesehen. Weißt du, ich glaube nicht an Gott, sondern an die Wissenschaft. Für gewöhnlich komme ich damit gut durchs Leben und kann alles damit erklären. Aber das, was da mit dir und mir passiert ist, das war keine Wissenschaft. Da hatte das Universum seine Hände im Spiel, das Schicksal, wenn du so willst oder zwei alte Seelen, die den Weg zueinander gefunden haben. Du besitzt so eine. Deine Seele ist schon eine sehr, sehr alte. Du hast viel mitgemacht, viel gesehen und da eine Mauer um dich aufgebaut, die so hoch und dick ist, dass sie nicht mal ein Schlagbohrer durchbrechen kann.

Aber ganz oben, da ist ein Fenster. Wie diese Buntglasfenster in alten Kirchen, scheint Licht von dir nach außen. Es leuchtet orange und gelb und strahlt heller als die Sonne selber. Ich hab's gesehen. Und wie Ikarus zur Sonne flog, hast du mich angezogen. Alles an dir. Alles was du bist, warst und jemals sein wirst. Und so war es nicht weiter verwunderlich, dass sich das Wintermädchen unsterblich verliebt hat. In den Sommerjungen mit dem wilden Haar und den smaragdfarbenen Augen.

Mit einem Mal tat ich ganz merkwürdige Dinge, wie mir Gedanken darüber machen was ich anziehen soll oder viel zu süßen Weißwein trinken. Morgens war das erste was ich wollte deine Stimme hören und abends sollte es das Letzte sein. Ich wollte mein Leben mit dir teilen und dir alles erzählen was mich umtreibt. Vom Schmerz und von den Fehlschlägen, von all dem Guten in der Welt und in mir. Ich wollte dir mein Herz auf einem Silbertablett servieren und sagen: nimm, gehört alles dir. Dabei war das vor dir undenkbar. Das waren alles

Dinge, die ich niemals in meinem Leben wollte. Eine Beziehung war für mich nicht mal ein potentielles Thema. Das Glück eines anderen Menschen mitzuverantworten war nicht in meinem Repertoire vorhanden. Und ganz plötzlich war all das was ich nie mochte, das was ich jetzt so unbedingt wollte.

Aber wie in jeder tragischen Liebesgeschichte wollten wir zu keinem Zeitpunkt dasselbe. Der Sommer war schneller zu Ende, als ich ahnen konnte. Mit einem Wimpernschlag war es Winter. Der kälteste meines Lebens. Im Winter war ich wieder alleine und alles, was mir vorher vertraut war und Sicherheit gab hat mir nun Angst bereitet. Seit du gegangen bist ist hier alles noch so viel kälter als in meinen Erinnerungen. Eine Kälte, die ich tief in mir spüre und die mich auf Schritt und Tritt verfolgt. Eine Kälte, die sogar mir das Blut in den Adern gefrieren und den Atem stocken lässt. Du bist geblieben wo es warm ist und die Sonne scheint. Du, der Sommerjunge. Du warst Licht und Wärme und nie hätte ich gedacht, dass mir das mal fehlen könnte.

Aber hier stehe ich nun ohne dich, gefangen in Eis und Schnee und hoffe auf den Frühling. In dem du vielleicht zu mir zurückkommen wirst.

EIPHNH

Die griechische Göttin des Friedens heißt Eirene. Sie ist die Tochter des Göttervaters Zeus. Eirene ist der personifizierte Frieden, von Dichtern und Priestern über Jahrhunderte hinweg verehrt. Sie entspringt großer Macht und gerechten Gesetzen. Eirene soll allen Menschen gleichermaßen dienen. Sie soll Frieden bringen. Tausende von Jahren später kann sich kaum ein Mensch an Eirene erinnern. Frieden existiert nicht in dieser Welt.

Dafür ich. Und ich, ich trage ihren Namen. In mir ist allerdings keine Spur von Frieden und oft muss ich darüber lachen. Dass das Erbe dieses Namens in mir verschwendet wurde. Da lodern Feuer in mir. Ungezähmt und endlos. Ich bin ständig im Krieg mit mir selbst und finde kein Ende. Von Frieden keine Spur. Nur eine vage Sage aus vergangenen Zeiten, in denen das Leben noch einfacher war und Frieden eine echte Option. In meiner Welt gönnen die Menschen sich nichts, verkaufen dich für irgendetwas unnötiges und rammen dir das Messer in den Rücken, wenn du ihnen nur die Gelegenheit dazu bietest. In meinem Leben gibt es so viele Regentage, dass ich mit dem Boot zur Arbeit fahren kann und ich schlucke täglich so viele Pillen, dass es das Zählvermögen eines Erstklässlers übersteigt.

Mein tägliches Dilemma beginnt schon damit, mir zehn Schichten Make-Up aufzutragen damit man die Augenringe und die aufgeplatzten Adern in meinem Gesicht nicht sehen kann. Ich trage stets lange Kleidung, auch im Sommer, weil niemand die Spuren auf meinem Körper sehen soll, die die vergangenen Jahre dort hinterlassen haben. Keiner soll die vielen blauen Flecken, die Narben und die Einstichstellen bemerken. Mein Leben besteht aus Zwang und Scharade. Da gibt es keinen Frieden.

Doch dann traf ich dich. In dem Moment, in dem du in mein Leben gestolpert bist, war es still. Mir ist das erst aufgefallen, als ich an diesem Abend alleine Zuhause saß und es um mich herum wieder unerträglich laut wurde. Ich bin so sehr an den Lärm meines Lebens gewohnt, dass ich nicht einmal gemerkt habe, wie ruhig es war, als ich mit dir zusammen war. Ich hielt es an diesem Tag auch nur für einen dummen Zufall. Nichts Bedeutsames.

Bis es wieder passiert ist. Das nächste Mal, als wir uns sahen. Absolute Stille in mir. Kein Feuer. Kein Krieg. Da war tatsächlich Frieden und ich konnte zum ersten Mal seit unendlich langer Zeit durchatmen. Meine Lungen haben sich mit frischer, klarer Luft gefüllt. Wie kann das sein? Jede einzelne unserer Begegnungen hat das in mir ausgelöst. Ich wollte dich von da an immer um mich haben, hab nach Gelegenheiten gesucht, dich möglichst oft, möglichst lange bei mir zu haben. Ich war des Krieges so überdrüssig. Ich war müde. Ich wollte nach Hause. Ich wollte zu dir. Du, der mir den Frieden gebracht hast. Du, dessen Name Frieden ist. Vater des Friedens. Und im Gegensatz zu mir wirst du dem Erbe deines Namens mehr als nur gerecht. Und ich, ich dachte, dass das jetzt ewig so bleiben könnte. Für immer. Oder wenigstens für einhundertfünfundzwanzig Jahre.

Aber dann habe ich den Krieg mitgebracht. Zwischen uns. Und so wie ich mit dem Frieden nicht vertraut war, warst du es nicht mit der Schlacht, die ich seit Jahren schlage. Du hast Ruhe gebracht und ich Lärm. Du hast Geduld bewiesen und ich bin wie Hermes der Götterbote immer weiter, immer schneller gerannt. Habe dir keine Möglichkeit gegeben zu atmen. Habe nicht auf dich gewartet. Am Ende hat der Krieg gesiegt. Du bist weg und ich wünsche dir, dass du wieder Frieden finden kannst. Ich bete, dass du das kannst. In mir brennen die Feuer erneut. Sie lodern heiß aber nicht mehr unendlich. Ich kann atmen. Zwischen zwei Schlachten. Ich kann wieder kämpfen und wenn ich abends in die Sterne blicke dann ist es still. Dann denke ich an dich. Vater des Friedens.

Und für einen winzigen Augenblick, nur für einen einzigen Wimpernschlag, ist da Frieden.

ICH

„HÄTTE ICH DAMALS ALLES ANDERS GEMACHT, MEIN LEBEN WÄRE EIN ANDERES GEWORDEN. ICH WÄRE JEMAND ANDERES GEWORDEN."

So ein Schwachsinn. Ein ausgemachter Unfug. Ich weiß gar nicht, wer uns irgendwann mal diesen Floh ins Ohr gesetzt hat. Mit uns meine ich übrigens die Menschheit und bei dem Floh handelt es sich um ein wirres Gemisch aus Bedauern und vermeintlich verpassten Chancen. Die Leute, die einem sowas einreden, sind dieselben die Angst vor Zeitreisen haben, weil ja schon die kleinste Veränderung in der Vergangenheit (ein Nieser zur falschen Zeit oder ein nicht ganz aufgegessener Grießbrei) verheerende Auswirkungen auf die Zukunft oder die Gegenwart hat und mit Sicherheit mit dem Weltuntergang endet.

Du wärst heute aber kein anderer Mensch, wenn du in der Vergangenheit auch nur eine kleine Sache anders gemacht hättest. Du bist immer das du, das du gerade brauchst. Da ist kein Platz in dir für andere Optionen. Da gibt's keine „ob du wirklich richtig stehst, siehst du, wenn das Licht angeht" - Momente und andernfalls bleibt alles zappenduster. Es gibt keine halben Sachen, wenn es um dein Leben geht. Du bist weder vollkommen noch unvollständig. Du bist auch kein unfertiges Probeexemplar deiner Selbst oder ein billiger Abklatsch von Anderen. Du bist du. Und du wirst immer du sein, auch wenn du dich im Laufe der Zeit veränderst. Aber in jedem Moment deines Lebens, bist du der Mensch, der du gerade sein sollst. Und du triffst deine Entscheidungen aufgrund der Dinge, die du zu dem jeweiligen Zeitpunkt gerade weißt, aber immer nach bestem Wissen und Gewissen.

Also hör bitte endlich damit auf, der Vergangenheit nachzutrauern und dich vor der Zukunft zu fürchten. Hör auf den Weg zu gehen, von dem du denkst, er bringe dir später am meisten, sondern geh den, der sich gut anfühlt. Hör mit diesem verfluchten Selbstoptimierungswahn auf. Bitte. Bitte. Bitte. Sitz nicht da und bedauer' dich selbst und die Entscheidungen, die du getroffen hast. Sie waren alle für etwas gut, du wirst schon sehen. Und vielleicht kannst du das heute noch nicht und auch morgen wird es dir noch schwerfallen aber irgendwann wirst du aufwachen und dich angekommen fühlen. An keinem Ort. Bei keinem anderen Menschen. Aber bei dir. Bei dem Ich, dass du gerade bist. Und es wird gut sein.

WANKELMUT

„...DAS WÜHLT MICH ALLES SEHR AUF, DAS KRATZT MICH AUF. ES
MACHT MICH NEUGIERIG. DAS ERFÜLLT MICH MIT FREUDE. MIT
GLÜCKSELIGKEIT. KEINE AHNUNG, DAS IST EINFACH GANZ
SCHÖN KRASS."

Ich hänge über der Schüssel und kotze mir die Seele aus dem
Leib. Die Vorstellung davon allein muss ekelerregend sein.
Verzeih. Aber genauso fühl ich mich auch. Ekelerregend. Wie
ein Stück Scheiße. Ich fühle mich wie ein Stück Pferdescheiße
an einem kalten Nebelmorgen im Oktober auf irgendeiner ein-
samen Wiese mitten im Nirgendwo. Ich kotze so lange und so
viel, bis letztendlich nur noch Magensäure hochkommt. In
schleimigen, gelben Fäden läuft sie mir die Mundwinkel hinab.
Mir sind tausend feine Adern im Gesicht geplatzt. Morgen
werde ich aussehen wie nach einem Boxkampf. Einen Kampf
den ich verloren habe. Noch einen.

„WENN WIR DAS WOLLEN, KÖNNEN WIR SUPER LANGE MITEINAN-
DER UNTERWEGS SEIN. ICH FÄND DAS GANZ SCHÖN NICE."

Ich stehe am Ufer des Sees. Es ist November und bitterkalt.
Außer mir ist niemand hier. Ich stand früher schon einmal an
einem See. Damals war es ein anderer. Ich weiß nicht was es
ist, dass mich immer wieder ans Wasser zieht, wenn ich
glaube, dass nichts mehr geht. Ich muss lachen. Ich gehe dann
ja auch nicht mehr, ich schwimme. Oder treibe. Im besten oder

im schlimmsten Fall gehe ich unter. Gehen. Schon wieder. Alles eine Frage der Perspektive. Ich bin im Übrigen hierher gerannt. Im Nieselregen. Eine halbe Stunde habe ich gebraucht. Meine Lunge hat gebrannt wie tausend Feuer. Wie hundert Nadeln die simultan darin einstechen. Meine Kleidung klebt nass und kalt an mir und alles was ich will ist da raus.

„ICH GEHE MIT KEINER FASER MEINES LEBENS DAVON AUS, DASS DU JEMALS DIESEN HAMMER GEGEN MICH VERWENDEN WIRST."

Ich treibe. Erst tat es weh, weil es kälter war als ich es in Erinnerung hatte. Aber es ist auch November. Es ist fast schon Winter und da geht man nicht mehr schwimmen. Wusstest du eigentlich, dass es verschiedene Stufen gibt, bevor man letztlich den Kältetod stirbt?

Stufe 1: Erschöpfung. Dein Körper kann schon gar nicht mehr alles, was er konnte als ihm noch warm war. Aber dein Kopf funktioniert noch gut. Du bist dir darüber vollkommen im Klaren, dass dich das hier umbringen könnte und du bildest dir trotzdem ein, dass dir eigentlich gar nicht so kalt ist.

Stufe 2: Jetzt fängt der Kopf an nicht mehr ganz so gut zu funktionieren. Überhaupt gibt dein Körper jetzt langsam aber sicher den Geist auf, du zitterst nicht mal mehr. Hast dich deinem Schicksal ergeben.

Stufe 3: Jetzt erfrierst du. Erst wirst du ohnmächtig, dann bist du Scheintod und dann hört dein Herz einfach auf zu schlagen. Genug. Ende.

„ICH VERTRAU DIR ULTRA UND ICH WILL DIR ZEIGEN, DASS ICH DAS MÖCHTE. UNS MÖCHTE. DU BIST DAS BESTE WAS MIR JE PASSIERT IST."

Was für eine scheiß Idee. Was für ein absoluter Schuss in den Ofen. Ich laufe klatschnass zurück nach Hause. Es ist dunkel geworden. Meine Beine sind schwer und mir ist so unfassbar kalt. Ich komme nur schleppend voran. Und all das Theater hat nichts gebracht. Ich habe nicht aufgehört an dich zu denken. Wenn ich jetzt gestorben wäre, du wärst mein letzter Gedanke gewesen. Was für ein Abfuck. Als hätte ich vor dir nie existiert. Als gäbe es nichts und niemanden der wichtiger war als du. Wichtiger als wir. Ich will nicht, dass das so endet. Ich kann, darf und will so nicht enden. Verdammte Scheiße. Von jetzt an bekomme ich die Kontrolle zurück. Das ist, was ich gut kann. Die verdammte Kontrolle behalten. Also kämpfe ich mich zurück nach Hause. Unter eine heiße Dusche. Wärmflasche. Wollsocken. Vier Decken. Ich hole mir mein Leben zurück. Jetzt sofort. Okay, vielleicht nicht sofort. Aber gleich nachdem ich meine Zehen wieder spüren kann.

DIE TAGE DANACH

Aufstehen (irgendwann), Anziehen (irgendwas), Frühstücken (Kaffee, Zigaretten), Rausgehen (irgendwie), Trinken (Alkohol), Funktionieren, Funktionieren, Funktionieren, Essen (Nichts), Trinken (mehr Alkohol), Funktionieren, Funktionieren, Funktionieren, Fallen, Zusammenbrechen, Zusammensammeln, Weiter machen, Aufstehen (irgendwann), Weinen (bis keine einzige Träne mehr kommt), im Hamsterrad aus Hoffen und Verzweifeln stecken bleiben, Funktionieren, Funktionieren, Funktionieren.

WUNDEN

Über Wunden:
Wunden.
Bislang nicht überwunden.

KUMMERNUMMER

0 Sekunden. Es vergeht nicht eine einzige, in der ich nicht an dich denken muss. Dich nicht vermisse. In der ich nicht bereue, dich verletzt zu haben. So sehr und so tief, dass du gegangen bist.

1 falsches Wort. Nur eins zu viel, zu nah, zu wild. Zu unbedacht, habe ich es gesprochen und dich damit verjagt. Wie ein Hase in der Stadt. Ich war zu euphorisch als ich dich entdeckt habe zwischen all dem Beton und Asphalt. Ich habe dich aufgeschreckt und du bist gerannt.

5 Jahre später werde ich immer noch hier sitzen, mit dem Blick aufs Wasser und voll Liebe und Bedauern an dich denken. An all die „hätte", „wenn" und „aber" die nie wurden. An dich und mich und das, was von uns übrig ist.

8 Milliarden Menschen und nur du hast meine Seele berührt. Du hast sie in den Arm genommen und all den Schmerz und Dreck der vergangenen Jahre abgewaschen und zum Vorschein gebracht, was ich so gut versteckt habe.

7 leere Flaschen Tequila Gold. Bei jedem Schluck musste ich an dich denken, weil du so golden bist. Gott hört sich das kitschig an, aber anders kann ich dich nicht beschreiben. Du bist der eine Klumpen Gold, für den es sich lohnt Jahrzehnte lang im Dreck danach zu schürfen.

3 Briefe habe ich dir geschrieben, seit du weg bist. Einen, voller Hoffnung, einen in dem die Vernunft spricht und einen, in dem mir klar wurde: ich wollte so sehr, dass du es bist, aber du wolltest nie, dass ich dasselbe für dich bin.

6 Zacken hat eine Schneeflocke. Jede Schneeflocke. Davon haben wir viele dieses Jahr. Der Winter ist hart und eiskalt. Meine Finger sind schon blau angelaufen und drohen zu erfrieren. Wie meine Erinnerungen an uns.

2 Menschen, die sich einmal ganz nah waren und jetzt wie Fremde sind.

9 Herzschläge habe ich gezählt, bis ich den Mut hatte dir zu schreiben. Ich habe tief eingeatmet und die Luft angehalten. Beim neunten Schlag habe ich beschlossen los zu lassen. Und einen Neuanfang zu wagen.

QUE SERA

„When I was just a little girl, I asked my mother: what will I be?" und meine Mutter hat dann große Reden geschwungen und dabei rhythmisch mit dem Kochlöffel in ihrer Hand gewedelt. Sie hat immer gesagt: Weißt du, du wirst mit Sicherheit ganz arg großartig. Du wirst eine Mutter und eine gute Hausfrau. Du wirst einen Beruf haben, der dich glücklich macht und eine ganze Schar Kinder, die dir manchmal den letzten Nerv rauben, aber dein Herz vor lauter Liebe zum Explodieren bringen werden. Du wirst ganz sicher einen treuen und liebevollen Ehemann haben und ihr werdet zusammen vielleicht ein bisschen zu oft auf den Boden der leeren Weinflasche starren und anschließend über die Dielenbretter in der Küche tanzen. Ihr werdet in einem schönen Haus wohnen und du wirst so richtig, richtig glücklich sein. Du wirst glücklich sein.

„When I was just a little girl, I asked my father: what will I be?" mein Vater hat dann nicht viel gesagt. Er hat überhaupt nie besonders viel gesagt, wenn es um die wichtigen, die großen Entscheidungen meines Lebens ging. Stattdessen hat er mir immer vorgelebt, wie er das so macht und ich habe mir das als Beispiel genommen und meistens mehr gearbeitet als alle anderen, ich war nie zufrieden mit dem was ich schon erreicht habe und für die Liebe wäre ich niemals umgezogen, die Liebe muss schon für mich umziehen. Mein Vater hat mir aufmunternd auf die Schultern geklopft und so manchen Weg geebnet. Und irgendwann später hat er dann doch noch gesagt: Weißt

du, du wirst so richtig, richtig glücklich sein später. Wenn du genug Geld hast und dir keine Sorgen mehr machen musst. Du wirst die ganze Welt bereisen und immer ein Buch im Handgepäck haben aber auch immer einen Platz Zuhause bei mir. Alles was du dir vornimmst wirst du erreichen, du wirst über dich selbst hinauswachsen und neue Welten erkunden aber das wichtigste von Allem: Du wirst glücklich sein.

„When I was just a little girl, I asked myself: what will I be?" ich stehe vor meinem Schlafzimmerspiegel und schaue mein Abbild darin an. Ich betrachte die Tränensäcke und die Augenkrater, die letztlich nur die Schatten vergangener, großer Taten sind aber auch auf einige schlaflose Nächte hindeuten. Ich betrachte diesen Körper, der in den letzten Jahren mal weich und mal ganz hart war und der über die Zeit hier und da schon ein wenig ausgemergelt aussieht. Ich schaue die Fingernägel an, an denen ich schon lange nicht mehr kaue aber denen man ansieht, dass ich das für eine halbe Ewigkeit getan habe. Ich begutachte meine Haare, die im Moment wieder kurz sind, obwohl ich sie lang so sehr liebe und die nach dem Aufstehen immer in alle Richtungen gleichzeitig zeigen. Ich starre auf die Narben auf meiner Haut, die blauen Flecken und die Pickel im Gesicht. Ich betrachte mich lange und ausdauernd und denke an das kleine Mädchen, dass sich immer gefragt hat, was wohl mal aus ihr werden wird. „Du bist genug, bist gut genauso wie du bist", flüstere ich ihr zu „...und du bist glücklich geworden.".

DAZWISCHEN

Es sind nicht die Nächte, in denen du fehlst. Die Nächte, in denen ich wach liege und mein Herz auf Papier blutet. Die Nächte, in denen ich versuche dich zu finden, in meinen Träumen. Es sind nicht die Nächte, in denen ich weinend versuche zu schlafen und mich unzählige Male im Bett herumwälze. Nicht die Nächte, die noch dunkler wirken und mir jetzt immer Angst machen. Es sind nicht die Nächte in denen mein Kopf, deinen Namen so laut schreit, dass er die Stille durchreißt und mir durch Mark und Bein fährt.

Es ist dazwischen.

Es sind nicht die Tage, an denen ich mich nach dir sehne. Nicht die Tage, die ich mit Arbeit fülle, in der Hoffnung nicht an dich zu denken. Nicht die Tage, die ereignislos ineinander übergehen und mich dennoch auslaugen. Es sind nicht die Tage, die ich zähle, seit du weg bist. Nicht die Tage, an denen ich den Sonnenauf- und -untergang betrachte und verzweifelt auf dich warte. Es sind nicht die Tage, an denen ich vergesse zu Essen und mich ausschließlich von Kaffee, Wein und Zigaretten ernähre. Nicht die Tage, an denen ich am Abgrund entlang spaziere und mir überlege, ob springen oder fallen eine Alternative für diesen endlosen Schmerz sein können.

Es ist dazwischen.

MARLBOROMELODIE

„Ich geh dann jetzt."

„Ja."

„Soll ich das Licht ausmachen?"

„Ja."

„Und die Musik? Die mach ich auch aus?"

„Nein, lass die Musik bitte an."

Dann fällt die Tür ins Schloss und ich sitze im Dunkeln. Mir laufen heiße Tränen über die Wangen und mein Atem ist so schnell und unregelmäßig, mein Wimmern so laut, dass ich die Musik am Anfang nicht mal hören kann.

Einige Monate zuvor:

Ich sitze am See und meine Zehen berühren das kalte Wasser. Ein Buch liegt links, das Hundekind rechts neben mir und die Sonne funkelt zwischen den Baumkronen in mein Gesicht. Über meine Kopfhörer dröhnt die Musik tief in mein Innerstes und berührt mich da, wo es eben nur Musik kann. Ich zünde mir eine Zigarette an und genieße den Moment. Genieße mein Leben. Als mich plötzlich jemand aus meinem Gedankenstrudel reißt.

„Entschuldigung, hast du vielleicht Feuer für mich?"

Ich beruhige mich schnell als ich in ein Gesicht mit sehr friedlichen Augen blicke. Dann nehme ich die Kopfhörer aus den Ohren und starre die Person, zu der die friedfertigen Augen offensichtlich gehören, entgeistert an.

„Entschuldige bitte, was hast du gesagt? Ich habe dich nicht gehört, wegen der Musik."

„Oh. Also eigentlich wollte ich dich nach einem Feuerzeug fragen aber jetzt möchte ich auch gerne wissen, was du da gehört hast."

Ich reiche ihm stumm mein Marloborofeuerzeug. Es wiegt schwer in meiner Hand und ich habe es schon seit vielen, vielen Jahren. Es ist an den Ecken schon ein wenig abgenutzt aber es erinnert mich an meinen Großvater.

„Hier bitte schön."

„Danke."

Eine Weile sitzen wir da und sagen nichts. Zwei Fremde an einem See, die jeder für sich und doch gemeinsam eine Zigarette rauchen. Dann reicht er mir die Hand, in der mein Feuerzeug liegt.

„Und? Magst du mir jetzt noch verraten, was du gehört hast als ich dich gestört habe?"

„Das ist eine sehr persönliche Frage, weißt du?"

„Wie meinst du das?"

„Naja, meiner Auffassung von Musik nach, sagt sie dermaßen viel über dich aus, dass wenn ich dir jetzt meine Playlist zeige, du genau weißt, was für ein Mensch ich bin. Und das möchte ich vielleicht nicht jedem direkt auf die Nase binden."

Er muss lächeln und ich erkenne winzige Falten um seine Augen und eine kleine Zahnlücke in seinem Grinsen.

„Das ist doch der Sinn dahinter. Musik soll dich berühren und du sollst dich in ihr wieder finden. Aber ich versteh schon, dass du nicht jedem Typ am See zeigen willst wer du bist. Verrate mir aber bitte trotzdem nur das eine Lied, das du gerade gehört hast."

„Na gut, wenn du so hartnäckig bist verrate ich dir was es für ein Lied war." Ich zögere noch einen kurzen Moment bevor mir die Antwort über die Lippen kommt. „Ich habe die Marlboromelodie gehört."

„Bitte was?"

„Na das Lied, das zu einer Zigarette am See passt, die du dann mit einem Fremden teilst. An einem Tag, der sich langsam darauf vorbereitet zur Nacht zu werden und dir zum Abschied einen Sonnenuntergang mit allen Farben des Regenbogens schenkt. Wenn die Vögel um dich herum singen und die Luft sich wie eine warme Umarmung in deinen Lungen anfühlt und es ein bisschen nach frisch gemähtem Rasen riecht. Und welches das für dich ist, kannst du jetzt selber entscheiden."

Jetzt ist er es, der vor seiner Antwort für einen Augenblick innehält: „Das ist ein ziemlich fantastisches Lied. Danke, dass du das mit mir geteilt hast."

„*Gerne.*"

Wir saßen noch zwei Stunden dort. Dann trafen wir uns beinahe jeden Tag zur selben Zeit am selben Ort und teilten Lieder miteinander ohne auch nur einmal einen konkreten Titel zu nennen. Wir teilten Emotionen und Erinnerungen. Irgendwann später teilten wir ein Zuhause miteinander. Am Ende war es zu viel, zu schnell und zu laut. Er ist jetzt fort. Und ich, ich höre Musik, die man hört, wenn das Herz in tausend Einzelteile zersprungen ist und man am liebsten schreien würde aber dann doch stumm bleibt. Die ganz eigene Marlboromelodie dieses Moments.

WEISSHEITEN

Ich war heute unten am Fluss. Ich wollte mir die Flutschäden ansehen und war überwältigt davon. Ganze Bäume hat es ausgerissen und mit den Wassermassen davon geschwemmt. Immer wieder trieb ein Baumstamm im braunen Strom links von mir flussabwärts. Das Wasser ging mir jetzt fast bis zu den Füßen, wo vorher ein steiler Abhang war, der den Radweg vom Fluss trennte. Da war so viel rohe Gewalt wo ich vorher inneren Frieden und Ruhe fand. Egal wohin ich blickte, alles was mir vertraut war, war kaputt. Oder überhaupt nicht mehr da. Mich erfasste eine schwere, tiefe Traurigkeit und mir wurde ganz schwindlig.

Und in diesem Moment der Ohnmacht habe ich sie entdeckt. Die alte Frau auf der Parkbank. Sie saß auf einem orangenen Kissen im Schatten, der Wind wehte ihr sanft eine weiße, lockige Strähne um die Wangen, ein Block auf ihrem Schoß, die Aquarellfarben vor ihr auf den rauen Holzbrettern. Sie trug eine beige Hose aus Leinen und einen moosgrünen Pullover, den ich selbst gerne besessen hätte, weil er so unfassbar flauschig und gemütlich aussah. Ihre gelben Lederschuhe und die Socken hatte sie vor sich an den Fuß der Bank gestellt. Sie saß da, die Sonne im Gesicht und zeichnete einfach so vor sich hin. Ich lief direkt an ihr vorbei, sie bemerkte mich nicht und falls doch, ließ sie es sich nicht anmerken. Ich konnte einen Blick auf ihr Bild erhaschen. In detailverliebter Präzision skizzierte

sie den Fluss und die Bäume drum herum. All die abgebroche-
nen Äste und die zarten kleinen Blumen dazwischen.

Ich beschloss meine Runde fortzusetzen, weil ich noch nicht an
meinem Lieblingsplatz, und in tiefer Sorge um meine Bank an
jenem, war. Wie durch ein Wunder war dort aber alles noch
beim Alten. Naja fast. Das Wasser stand mir natürlich auch
hier bis zum Hals, metaphorisch und tatsächlich. Da musste
ich wieder an die alte Dame von vorhin denken und machte
eine Kehrtwende.

Ich rannte den ganzen Weg zurück, weil ich befürchtete sie sei
inzwischen gegangen. Aber das war sie nicht. Natürlich nicht.
Sie saß noch genauso da wie zuvor, als wäre überhaupt keine
Zeit vergangen. Völlig außer Atem stand ich jetzt vor ihr und
kam mir dabei selbst ein bisschen dämlich vor. Aber ich nahm
all meinen Mut zusammen.

*„Entschuldigen Sie bitte, darf ich Sie einen kurzen Moment stö-
ren?"* fragte ich ein bisschen zu laut und viel zu aufgeregt.

„Huch. Hallo junge Frau, ich habe Sie gar nicht bemerkt. Stehen Sie hier schon lange?"

*„Ja also nein. Eigentlich nicht. Aber ich war vorhin schon mal
hier. Ich hoffe ich habe Sie jetzt nicht erschreckt?!"*

„Ach nein, nein. Wie kann ich Ihnen denn helfen? Haben Sie
sich hier verlaufen?"

Für einen kurzen Moment frage ich mich ob ich das nicht wirklich habe. Habe ich mich verlaufen? Bin ich hier nicht mehr richtig? Ich erkenne ja sowieso kaum noch was, jetzt nach dem Sturm und der Flut.

„Nein, ich wollte Sie gerne was fragen. Wie können Sie denn hier so friedlich sitzen während um Sie die Welt nahezu untergegangen und so bedrohlich und fremd geworden ist?"

Die alte Dame muss lachen und es erinnert mich etwas an meine eigene Art zu lachen. Ein bisschen zu laut und ein kleinen wenig zu viel wie ein sterbendes Warzenschwein.

„Ist die Welt denn wirklich untergangen? Oder hat sie sich neu sortiert? Ein bisschen umarrangiert? Und ist der Frieden in der Welt, oder in uns?

Ihr Haar weht sanft im aufkommenden Wind und ihre Worte hallen so gewaltig in meinem Körper nach, dass ich kurz an ein Erdbeben denken muss.

„Aber wenn die Welt nicht untergegangen ist, wenn da immer noch Frieden in mir ist..., wenn das nicht das Ende ist, warum fühlt es sich dann so an?"

„Weißt du, ich darf doch du sagen? Das Leben, das ruckelt immer ein bisschen. Immer. Mal merkst du es, mal nicht. Alle Menschen fallen, alle hadern und alle zweifeln mit sich und den Entscheidungen die sie treffen. Permanent tun sie das. Aber was du nie vergessen darfst, ist, dass die Nacht immer dann am dunkelsten ist bevor sie endet und dass es immer, immer weiter geht. Was sich heute wie dein Weltuntergang anfühlt, kann morgen schon der Beginn einer neuen Zeitrechnung sein. Das Leben ist eine Ansammlung von Fehlschlägen und Irrtümern aus denen du dich formst und wächst. Und auch wenn es weh tut, wenn es Angst macht und wenn du nicht weißt, was am Ende dabei rauskommt und ob es das Wert sein wird, zeigt es dir doch eins ganz deutlich: Du fühlst, also lebst du und das allein ist doch schon genug. Du musst einfach nur leben. So gut du eben kannst. Das reicht doch schon. Und wenn du das verstanden hast, dann ist egal wie oft deine Welt untergeht, dann ist dein Leben dein Geschenk an dich selbst und der Neuanfang immer nur einen Schritt entfernt von dir."

Während ich ihre Worte verarbeiten muss und nichts sagen kann, steht die alte Dame auf und macht sich zum Gehen bereit. Kurz bevor sie sich auf den Weg macht, drückt sie mir die Skizze in die Hand.

„Die Welt hat sich nicht verändert, sie ist noch genauso gut und schlecht wie sie es immer war. Dein Blick ist getrübt von Gefühlen, die du noch nicht verstehen kannst aber irgendwann wird sich das hier wieder wie Zuhause anfühlen. Versprochen."

Dann verschwindet sie im Wald und lässt mich zurück. In einer Welt, die sich nicht mehr anfühlt wie die, aus der ich gekommen bin, aber die mir jetzt auch nicht mehr ganz so viel Angst macht.

AMARE

Ich war der Liebe gegenüber immer schon etwas zynisch und verbittert. Für mich war romantische Liebe nie etwas Gutes. Sie war immer: Schmerz, Selbstzweifel, Hass, Verlassen werden und Neid. Neid auf die Menschen, bei denen das mit der Liebe so viel besser funktioniert als bei mir. Heute weiß ich, dass es nicht die Liebe an sich ist, die mir Schmerzen zugefügt hat. Es waren Menschen, die selber nicht wussten wie man liebt.

ALLEIN, ALLEIN

Du bist weg und ich bin wieder... mit mir selbst beschäftigt. Da ist niemand mehr, der mich ablenkt aber auch niemand, der sich besonders für mich interessiert. Da ist keiner, dem auffällt, dass ich jetzt die dritte Nacht in Folge nicht geschlafen habe und meine Zornfalte mittlerweile eine durchgehende Linie mit meinen Augenringen bildet aber auch niemand der mir vorschreibt, was ich zu tun und zu lassen habe. Da ist niemand, der mir sagt, dass ich gerade auf den Abgrund zusteuere und jetzt ganz, ganz dringend bremsen muss aber auch niemand dessen Scheiß ich mir zusätzlich noch auf meine eigenen Schultern lade. Und jetzt frage ich mich: ist das Einsamkeit oder Freiheit?

RUTH UND RENATE

Habe ich dir schon mal von Renate erzählt? Das ist eine meiner aller, aller liebsten Geschichten, auch wenn sie furchtbar traurig ist. Meine beste Freundin hat einen Anrufbeantworter. Diese Tatsache allein macht weder eine großartige Geschichte aus, noch ist es ein besonders trauriger Fakt, aber vertrau mir. Auf dem Anrufbeantworter meiner Freundin hinterlassen Menschen oft eine Nachricht. Meistens bin ich das, oder ihre Oma. Manchmal ihr Bruder und ganz selten ihr Mann. Das sind jetzt aber natürlich alles Menschen, die meine Freundin sehr gut kennt und die sie dann einfach zurückrufen kann. Ich glaube es war 2015 als sie die erste Nachricht von Ruth bekam. Damals wussten wir noch nicht, dass es viele werden sollten.

„Hallo Renate, hier ist die Ruth, ich wollte dir nur zum Geburtstag gratulieren aber wahrscheinlich bist du gerade nicht Zuhause. Kaufst du Kuchen? Meld dich!"

Eine brüchige, alte aber sehr warmherzige Stimme war das auf dem Band und wir haben es als süße Nachricht von einer Omi an die andere abgetan. Ad Acta gelegt. Das war im Mai. Wir hatten dieses Jahr einen fantastischen Sommer in Holland mit Meerwasser zwischen den Füßen, vorzüglichem Essen im Bauch und Sand im Haar. Man munkelt es gab sogar eine fette Meerjungfrau, sehr breite Gassen und eine spektakuläre Fahrerflucht. Aber das sind andere Geschichten. Irgendwann zwischen Weihnachten und Neujahr meldete sich Ruth dann wieder:

„Renate? Hallo. Hallo Renate. Hier spricht Ruth. Sag mal regnet es bei euch auch? Hier regnet es. Ich wünsche dir für das neue Jahr alles Gute und dass du gesund bleibst. Meld dich doch. Hier war Ruth. Bis bald!"

Da war sie wieder. Ruth. Und wir waren nicht Zuhause. Sie hat meiner Freundin schon wieder in Abwesenheit auf den Anrufbeantworter gesprochen und keine Nummer hinterlassen. Ruth war von diesem Moment an kein Zufall mehr. Wir waren kein Zufall mehr. Ruth hatte offensichtlich einen Zahlendreher in Renates Telefonnummer und landete jetzt statt bei Renate auf eben jenem Anrufbeantworter meiner besten Freundin. Die Monate vergingen und wir hatten Ruth und Renate fast schon vergessen, da meldete sie sich wieder. Pünktlich zum nächsten Jahreswechsel:

„Ja hallo Renate, hier ist Ruth. Jetzt hab ich wirklich lange nichts von dir gehört und mache mir Sorgen. Meld dich doch und komm gut ins neue Jahr."

Diesmal haben wir sie zwar gehört aber konnten den Anruf nicht rechtzeitig entgegennehmen. Da verschwand sie wieder. Mensch Ruth. Wir haben dann sogar versucht Ruth ausfindig zu machen aber leider vergebens. Und mit den Jahren wurde sie einfach Teil unseres Lebens. Wenn wir im Mai nichts von ihr hörten, hofften wir im Dezember ein Lebenszeichen von ihr zu bekommen. Wir haben all ihre Nachrichten gespeichert und hüten sie wie einen Schatz. Aber so sehr wir uns auch darüber freuen, wenn Ruth sich meldet, da schwingt immer Traurigkeit und Bedauern mit. Weil jede Nachricht, die bei uns landet ja überhaupt nicht für uns bestimmt war und ihren eigentlichen Empfänger nie erreichen wird. Wir sollten gar nichts wissen über Ruths Hüftoperation, oder den Tod von Ernst-Willibald, der mit ihr und Renate zur Schule ging. Wir sollten nicht erfahren, dass Renate Anfang Mai Geburtstag hat und Ruth an Weihnachten immer einen Eierlikör zu viel trinkt und dann ganz sentimental wird. Wobei ich das mit dem Eierlikör und der Sentimentalität gut verstehen kann, ist bei mir genauso. Mit dem einzigen, kleinen Unterschied, dass es sich bei mir um Tequila handelt und er eher Aggressionen statt Melancholie auslöst. Aber ansonsten, gleich.

Und wie traurig ist bitte die Vorstellung, dass da draußen irgendwo eine Ruth sitzt, die ihre beste Freundin seit Jahren nicht erreichen kann? Die einfach nur mit Renate plaudern möchte und sie nicht an den Hörer bekommt. Renate ruft nie zurück. Und trotzdem gibt Ruth nicht auf. Sie ruft weiter an, meldet sich immer wieder und wieder. Erzählt aus ihrem Leben, plaudert aus dem Nähkästchen und beendet ihre Nachrichten immer mit einem bis bald statt einem mach's gut. Ruth hat Renate nach all den Jahren noch nicht aufgegeben. Ihre Freundschaft nie angezweifelt oder beendet, auch wenn sie in eine Einbahnstraße mündete und in einer Sackgasse endete. Da draußen gibt es jemand, der schon so viel in seinem Leben gesehen und erlebt hat und dessen größter Wunsch es ist, ein Lebenszeichen von Renate zu bekommen. Auch wenn sie das vielleicht nie mehr bekommen wird, Ruth bleibt hartnäckig und hinterlässt beharrlich Nachrichten auf dem Anrufbeantworter meiner besten Freundin, statt auf dem ihrer eigenen.

Und wer das jetzt nicht wunderschön und traurig findet, mit dem kann was nicht richtig stimmen. Und falls du das zufällig liest Ruth, wir würden uns über ein Stück Kuchen mit dir sehr freuen und helfen dir Renate zu suchen. Und Renate, wenn du das hier lesen solltest, dann melde dich bei deiner Freundin Ruth. Sie vermisst dich so schrecklich und wartet seit Jahren darauf mit dir zu sprechen.

Und du! Du! Nimm den Hörer in die Hand und ruf deine Mama an, oder deinen Papa. Deine Freundin von Früher, deine erste Liebe oder wer auch immer der Mensch ist, an den du denken musstest, als du von Ruth und Renate gelesen hast. Melde dich. Melde dich und hinterlass deine Nummer. Nur für den Fall, dass du bei meiner besten Freundin auf dem Anrufbeantworter landest.

TROGLOYT

Ich denke in letzter Zeit viel über erste Male nach. Wie sich die Menschen gefühlt haben müssen, als sie die erste Glühbirne benutzten. Oder das erste Auto fuhren. Als sie zum ersten Mal geflogen sind. Ich denke so oft an all die monumentalen Momente der Menschheitsgeschichte.

Und dann an meinen eigenen. Zu lieben. Zum ersten Mal so richtig in meinem Leben und ich glaube so muss sich der Mensch damals gefühlt haben, als er das Feuer entdeckt hat. Wie gewaltig das gewesen sein muss. Stell dir das mal vor. Du bist da so ein Mensch und machst so dein Ding. Jagst hier deinen Fisch. Versteckst dich da vor einem monströs großen Mammut. Kaust auf ein paar Wurzeln rum und dann schlägt vor dir ein Blitz in einen toten Baum ein. Er brennt. Die Flammen züngeln rot und gelb und orange und weiß vor dir. Es wird warm. Je näher du kommst, desto wärmer wird es. Das Feuer reißt den Baum nieder. Es knarrt und knirscht. Es zischt und Funken fliegen.

Und dann zieht es dich wie magisch an. Du hast noch nicht gelernt, wie gefährlich Feuer sein kann. Wie auch, hast du doch noch nie zuvor eins erlebt. Vielleicht haben andere vor dir schon Flammen gesehen und dir davon erzählt. Aber du hast ihnen nie geglaubt. Weil Feuer so selten sind. Weil sie alle einfach nur Glück hatten. Zur rechten Zeit am rechten Ort. Und überhaupt warst du dir gar nicht so sicher, ob das nicht alles nur eine ausgemachte Geschichte ist. Dir konnte ja noch nie jemand dieses Feuer zeigen. Nur davon erzählen. Aber jetzt, jetzt stehst du da und vor dir ein Feuer. Ein Feuer so hoch, so wild und so groß. So unbeschreiblich und so viel bedeutender als alles in deinem Leben bisher. Du gehst näher. Die Wärme, die vom Feuer ausgeht, durchzieht mittlerweile deinen ganzen Körper. Es ist ein gutes Gefühl und als der Regen einsetzt, das Feuer im Baum langsam erlischt, machst du es dir zur Aufgabe es später erneut zu entzünden. Für dich ist es nämlich undenkbar ab sofort ohne es zu leben. Du hast das Feuer gesehen und seine Wärme gespürt. Zum ersten aber mit Sicherheit nicht zum letzten Mal.

FRIENDZONE

Der gefürchtetste Ort zwischenmenschlicher Beziehungen. Die Friendzone. Wie ein Damoklesschwert hängt sie über zwei Menschen die sich begegnen und schnell mögen, ein bisschen mehr als das sogar, aber vielleicht ein bisschen weniger als lieben. Da landest du dann in der Friendzone und kommst vermutlich nie wieder raus. Alle haben Angst davor. Ausnahmslos alle. Alle außer mir. Für mich ist das nicht das Abstellgleis oder das Vortor zur Hölle, es ist keine dunkle Höhle und auch nicht der Mariannengraben. Es ist kein tiefer, bedrohlicher Ozean und auch kein Flugzeug, das gerade abstürzt.

Es ist mein Safespace. Denn was wir vergessen: die Friendzone ist kein Friedhof für die Liebe, sondern ein Platz, an dem genau diese wachsen kann: durch Freundschaft. Die besten Menschen in meinem Leben gibt es dort und ich hüte diesen Ort wie meinen größten Schatz. Dort leben Menschen, die ganz zauberhafte Dinge vollbringen können. Da gibt es jemanden, der mein Auto repariert und danach Witze macht, wenn es um die Bezahlung geht. Jemand, der mir seit Jahren Briefe schreibt und es nie schafft, vorbei zu kommen aber trotzdem an mich denkt. Da gibt es viele, die meinen Geburtstag vergessen und sich dann dafür entschuldigen. Die, die mit mir lachen über das Leben und meine schlechten Witze aber hauptsächlich über den Blödsinn, den ich anstelle, wenn ich wieder über meine eigenen Füße gefallen bin oder meine Nase die Wand geküsst hat. Es ist ein Ort an dem ein Kebap eine Beziehung beenden und Ikea eine andere retten kann. In meiner Friendzone fließt der Wein in rauen Mengen und die Nächte sind lang, da ist immer jemand am anderen Ende der Leitung und nie, nie macht jemand das Licht aus, wenn du einsam durch die Dunkelheit irrst und deine Hose verloren hast.

Die Friendzone ist ein Ort an dem Menschen dein Scheitern zelebrieren und die Welt nicht untergehen kann. Niemals. Und für den unwahrscheinlichen Fall, dass sie es doch tun sollte und du am Boden liegst, verzweifelt und kraftlos dann gibt es dort immer einen Menschen der mit dir liegt und dich hält, damit du nicht noch tiefer sinkst. In der Friendzone steht manchmal jemand mit Kuchen vor deiner Tür oder drückt dir einen Luftballon in die Hand auch wenn du überhaupt nicht Geburtstag hast. Dort hilft man sich und was der eine nicht kann, kann bestimmt ein anderer und er macht das gerne für dich. Versteh mich nicht falsch, in der Friendzone ist auch nicht immer alles eitel Sonnenschein. Die Menschen die dort leben knallen dir auch gerne mal die harten Fakten um die Ohren und sagen dir Dinge, die du nicht hören möchtest aber selbst, wenn du nicht auf sie hörst und die guten Ratschläge nicht annehmen kannst, verlassen sie dich nicht. Die Friendzone ist eine Ode an die Liebe zwischen dir und all den Menschen in deinem Leben. Und sie ist eine Erinnerung daran, dass du nie wirklich allein bist und dich die Liebe immer umgibt. Du musst nur richtig hinsehen. Also mach's dir hier gerne ein bisschen bequem. In der Friendzone bist du nämlich definitiv gekommen um zu bleiben.

ER NICHT.

Während du Zuhause sitzt und das geöffnete Chatfenster anstarrst, lebt er sein Leben. Er geht Feiern und Trinken, er macht lauter Dinge, die ihm guttun und er verschwendet nicht einen einzigen Gedanken an dich. Während du also dieses Chatfenster anstarrst oder abends in seiner Straße stehst und Zigarette um Zigarette rauchst, weil du dich am Ende doch nicht traust an seiner Tür zu klopfen. Während du versuchst den Mut dazu zu finden, ihn all die Dinge zu fragen, die dir seit Wochen unter den Nägeln brennen, hat er dich schon längst vergessen. Er sieht dich nicht und er sucht auch nicht nach dir. Er wartet nicht hinter verschlossener Tür darauf, dass du wagemutiger bist als er und endlich über deinen Schatten springst. Er nicht.

SIDEREUM CAELUM

Jede Nacht.
Sterne.
Tausende davon.
Einer fällt.
Dein Name auf meinen Lippen.
Unerfüllter Wunsch.

THAT'S WHAT THEY SAID.

Sie sagen: Du hast das gar nicht nötig. Der war es sowieso überhaupt nicht wert.

Ich nicke, trinke einen großen Schluck Kaffee und denke: wie sollt ihr das auch verstehen? Wie soll ich euch das erklären von der Liebe, der einzigen und echten und, dass ich sie verloren habe, weil ich mal wieder zu viel war. Für mich und die Welt aber vor allem für ihn.

Sie sagen: Du siehst aber gut aus, wie hast du so viel abgenommen?

Ich antworte: Disziplin und gesunde Ernährung. Viel Bewegung und denke: Ihr habt ja überhaupt keine Ahnung. Aber woher auch? Woher sollt ihr wissen, dass ich mein Essen erbreche. Dass ich nicht mehr schlafen kann und meistens zu schwach bin um mich von was anderem zu ernähren als Kaffee und Zigaretten.

Sie sagen: Ach wie schön, dass du jetzt Karriere machst.
Ich werde dann verlegen und sage: Ja wurde langsam Zeit, jetzt ist das beste Alter dafür und denke: Mich kann nichts anderes ablenken als mich in Tonnen von Arbeit zu wälzen. Nur damit in meinem Kopf keine Sekunde Zeit bleibt um an ihn zu denken.

Abends schäle ich dann die Version von mir ab, die ich den ganzen Tag über für die Welt getragen habe. Damit die Leute nur die richtigen Dinge reden und sich keine Sorgen um mich machen. Ist ja alles ganz normal, ist doch alles halb so wild und kein Weltuntergang. Ich breche in der Wanne in Tränen aus und danach zusammen. Wie lange kann man eine Fassade aufrechterhalten, bis sie bröckelt? Wie lange noch kann ich mit diesem brennenden Schmerz in meiner Brust umherlaufen, bis es wie ein Leuchtfeuer aus mir herausbricht? Wie viel mehr muss ich ertragen und aushalten bis das endlich alles aufhört? Als ich am nächsten Morgen aufstehe mache ich mir die Haare ordentlich, ziehe etwas Hübsches an und trockne die Tränen weg, die mir übers Gesicht rollen bevor ich Mascara auftrage. Ich erscheine pünktlich und gut gelaunt bei der Arbeit, einen Kaffee in meiner Hand. Heute halte ich das noch aus, das habe ich mir geschworen. Nur heute noch. Nur den einen Tag noch. Und dann noch einen. Und wenn ich muss, wenn es wirklich sein muss dann auch noch einen. Aber dann muss damit Schluss sein.

BLICKRICHTUNG

Immer gen Sonne gewandt. Immer auf das Gute fokussieren. Nie nach unten. Halte den Kopf oben. Immer geradeaus und nicht zurück. Und so gehst du dann durchs Leben. Du kommst damit furchtbar weit und wahrscheinlich passieren dir viele, viele gute Dinge. Bis du den einen aber entscheidenden Fehler machst. Du warst nur für einen klitzekleinen Augenblick (gerade mal einen viertel Wimpernschlag lang) nicht aufmerksam und dein Blick fiel auf diese andere Seele.

Es ist nicht so, dass diese Seele da auf deinem Weg stand. Sie hatte ihren ganz eigenen Weg, aber eure haben sich irgendwie getroffen. Gekreuzt für eine lächerlich kurze Zeit. Aber das wusstest du damals noch nicht. Du hattest nur noch Augen für diesen goldenen Menschen, der da urplötzlich vor dir stand. Oder neben dir. Vielleicht auch ein kleines bisschen ab vom Schuss und versteckt. Aber du hast ihn trotzdem getroffen. Deine Augen waren wach und erkannten selbst den blassesten Schimmer seiner Existenz aus der Ferne. Und dann bist du zu ihm, wie vom Blitz getroffen. Was der Honig für die Bären im Wald ist, war er für dich. Und ich verstehe das, ich kann das absolut nachvollziehen. Die Wahrscheinlichkeit solch einen Menschen zu entdecken liegt bei 1:8000000000.

Ich weiß das, weil ich mich wahnsinnig viel mit Wahrscheinlichkeiten und Statistiken beschäftige. Eine Randinformation: Du solltest zum Beispiel viel mehr Angst vor Eseln als vor

Haien haben, die töten deutlich öfter. Bevor du im Lotto gewinnst, trifft dich ein Blitz und in China sprechen mehr Menschen Englisch als in den vereinigten Staaten von Amerika.

Weil ich mich mit all diesem unnützen Wissen schon Jahrelang eingedeckt habe, war mir also mehr als deutlich bewusst, dass ich nicht diejenige sein werde, die ihren Seelenverwandten findet. Und dann stand er da: der schönste Mensch der jemals auf dieser Erde gewandelt ist. Mit einem Herz aus purem Gold und so viel Gutem in sich, wie zuletzt die gemischte Tüte Süßigkeiten vom Bäcker deiner Kindheit. Mit seinem Erscheinen hat sich deine Blickrichtung verändert. Du warst ihm zugewandt und hast auch nicht aufgehört ihn anzusehen und später nach ihm zu suchen als er schon lange wieder weg war.

MENAGE A TROIS

Das ist absolut irrsinnig. Es ist irrsinnig und wahnwitzig und ich habe nicht den Hauch einer Ahnung, wie ich mich da hineinmanövriert habe. Geschweige denn, wie ich da wieder rauskommen soll. Da steht eine Zahnbürste in meinem Zahnputzbecher. Nein, nicht eine. Eine wäre normal. Da stehen zwei.

„Da steht deine Zahnbürste in meinem Becher?!"

„Ja, normal?"

Nein, gar nicht normal. Nichts daran ist normal. Da steht urplötzlich seine Zahnbürste neben meiner. Und die gehört da einfach nicht hin.

„Nein."

„Was nein?"

„Nein, das ist nicht normal."

„Spinnst du jetzt? Ich habe halt keine Lust die immer mitzunehmen, stört doch keinen, wenn die da steht."

„Mich stört das."

„Dich stört meine Zahnbürste?"

„Nein, nicht deine Zahnbürste an sich. Mich stört, dass sie da in meinem Becher steht."

„Stört dich, dass da noch eine zweite Zahnbürste steht oder, dass es nicht seine ist?"

Das kam unerwartet. Wie ein Schlag in die Lebergegend. Ohne Vorwarnung. Und es tut weh, weil es stimmt. Weil mir diese verfickte Zahnbürste vor Augen führt, was ich hier gerade für einen Zirkus lebe.

„Ja ich glaube schon. Ich weiß es nicht. Es tut mir leid."

„Okay und was soll ich jetzt machen? Meine Zahnbürste wieder mitnehmen? Soll ich gehen? Und am besten nicht wieder kommen? Ist es das, was du willst?"

Zack. Der nächste Schlag. Diesmal in den Magen. Mir ist schlecht.

„Ja. Ich meine nein. Vielleicht?"

„Gut. Weißt du was? Ich nehme dir die Entscheidung ab. Ich habe sowieso keinen Bock mehr auf diese Kackscheiße hier. Hier mit dir. Wobei wirklich mit dir bin ich ja nie, du bist ja nie da. Bist immer bei ihm. Mit dem Kopf und viel schlimmer noch, mit dem Herz. Du siehst gar nicht, was du hier hast. Du siehst mich nicht. Tut mir leid, dass ich dachte, das hier könnte funktionieren."

Diesmal kann ich Blut schmecken. Der finale Schlag trifft mich ins Gesicht. Mitten rein. Voll in die Fresse. Während ich ihm zusehe, wie er seine sieben Sachen packt. Seine Socken, den Wodka, zwei Pullover, den Computer und dann diese dämliche

Zahnbürste. Er sagt nichts mehr. Geht still durch die Räume und sammelt die Spuren seiner Existenz in meinem Leben ein. Da sind Tränen in seinen Augen. Ich bin schuld daran. Er bleibt im Türrahmen kurz stehen und dreht sich um. Gibt mir einen Kuss auf die Stirn.

„Mach´s gut."

Dann fällt die Tür hinter ihm ins Schloss. Es ist still. Ich weiß was ich fühlen müsste. Was ich denken müsste. Dass das jetzt ziemlich scheiße ist, nämlich. Und dass ich dämlich bin, ausgerechnet den Menschen aus meinem Leben spazieren zu lassen, der wortwörtlich Bäume für mich ausgerissen hat. Der jeden Abend zwei Stunden fährt um neben mir einzuschlafen. Oder mir Frühstück ans Bett bringt und mir dann aus meinem Lieblingsbuch vorliest. Der mit dem Hund raus geht, an Tagen an denen bei mir so gar nichts geht und sich anschließend einfach neben mich legt. Als wäre das das normalste der Welt. Der, der mich im Arm hält, bis ich auch endlich einschlafen kann, nur um mich kurz darauf mit seinem unsäglichen Schnarchen wieder aufzuwecken. Aber anstatt das zu bereuen oder ihm hinterher zu rennen steh ich einfach nur hier und mache gar nichts. Ich halte ihn nicht auf. Ich laufe ihm nicht nach. Nichts. Weil er nicht du ist. Nie sein wird. Den Teil meines Herzens, den er von mir will kann ich ihm niemals geben. Und in seinem werde ich dich nie finden. Am Ende, wird es immer eine Beziehung zu dritt sein. Ich, Du und der Andere.

GLEICHGÜLTIGKEIT

Über deine Gleichgültigkeit habe ich fast den Verstand verloren. Saß hier und habe versucht zu verstehen wie jemand so ignorant und egoistisch sein kann. Dabei hätte ich das nie von dir erwartet. Ich bin tatsächlich immer davon ausgegangen, dass ich es sein werde, die unfair zu dir ist. Die, die im Streit das Geschirr durch die Wohnung wirft und dich anbrüllt, bis dir die Ohren klingeln um dich dann mit all deinem Kummer einfach stehen zu lassen und mich für eine halbe Ewigkeit nicht bei dir zu melden. Aber es kam anders. Es kommt immer anders. Und jedes Mal, wenn ich denke, ich weiß jetzt wie du tickst, wie du funktionierst und wie du handelst, da triffst du mich wieder unvorbereitet, reißt mir den Boden unter den Füßen weg oder haust mir ein Brett vor den Kopf. Und ich? Ich steh dann hier und such Mal um Mal den Fehler bei mir. Was mache ich denn falsch, dass du mich so behandelst? Wieso kann ich dir nicht einfach genügen? Die Antwort darauf bleibst du uns beiden schuldig.

DRANGSAL

„Warum weinst du?"

Weil es weh tut, verdammt! Es tut weh dich zu sehen und es tut weh deine Stimme zu hören. Es tut weh, dir dabei zuzusehen, wie du diesen Schalter einfach umlegen konntest. Als hätte es mich nie gegeben. Uns nie gegeben. Es tut einfach scheiße weh. Es tut auch weh, dass ich immer noch hier stehe und dich liebe. Mit allem was ich bin und allem was ich habe. Nach all der Zeit stehe ich hier und liebe dich noch immer.

Es tut weh, weil es sich anfühlt als wäre es erst gestern gewesen, als du mir versprochen hast mich nicht alleine zu lassen nur um es exakt einen Moment, einen kurzen Augenblick später dann doch zu tun. Einen Sekunde darauf warst du weg und hast mich zerbrochen und verletzt zurückgelassen. Es tut so verflucht weh und ich will so nicht mehr leben. Mit diesem Schmerz und diesem ewigen Vermissen, mit dieser Liebe. Ich will das nicht. Ich möchte dich viel lieber hassen, nein noch besser. Du sollst mir gleichgültig werden. Ich will das, was du hast. So tun als wäre das alles nicht passiert und als wärst du einfach irgendein Mensch unter acht Milliarden der mir nichts aber auch rein gar nichts bedeutet. Nie etwas bedeutet hat und mit Sicherheit auch nie wieder etwas bedeuten wird.

Ich möchte ein Happy End. Für mich ganz alleine und ein Leben in dem du keine Rolle spielst. Aber davon bin ich so weit weg wie die Venus vom Mars. Ich fühle mich wie diagonal geparkt in einem Paralleluniversum. Darum muss ich weinen und verhalte mich so dämlich. Weil es weh tut. Du drangsalierst mich allein durch deine Existenz und ich weiß mir einfach nicht mehr anders zu helfen als ständig zu weinen und zu schreien und zu hoffen, dass morgen der Tag ist an dem ich aufstehe und du nicht mehr wichtig bist. Ich dich endlich vergessen habe. Hinter mir gelassen habe. Nur noch eine blasse Erinnerung. Nichts weiter.

NIE GENUG

Einhundertachtundvierzigtausendneunhundertdreizehn
Zeichen.
Sechsundzwanzigtausendundzwölf Wörter.
Sechsundsechzig Texte.
Einhundertvierundvierzig Seiten.
Ein Buch.

Und dennoch nie genug.

0,002

Ein Herz bricht in 0,002 Sekunden. Ich weiß das, weil ich die
Zeit gestoppt habe, als du mir meines zerfetzt hast. Es geht
rasend schnell, so schlagartig, dass du es erst gar nicht mitbe-
kommst. Wie schnell es kaputt geht, alles kaputt geht, weiß ich
jetzt. Aber ich hatte nicht den Hauch einer Ahnung davon, wie
lange es brauchen würde um zu heilen. Kaputt machen kann
jeder. Herzen heilen und reparieren, das ist die wahre Kunst.

SAHARA

„Abhacken und weiter geht's!"

Da stehen zwei Füße in gelben Gummistiefeln neben meinem Bett. Ich weiß sofort wem sie gehören und ziehe mir das Kissen über den Kopf.

„ABHACKEN UND WEITER GEHT`S!!!"

„Warum schreist du so?"

„Weil ich glaube, du hast mich nicht richtig verstanden. Steh auf."

Sie zieht mir das Kissen vom Kopf und schaut mich mit durchdringendem Blick an. Ihre langen braunen Haare fallen in mein Gesicht.

„Ich kann nicht. Das weißt du doch."

Mir laufen heiße Tränen die Wangen hinunter und ich habe das Gefühl keine Luft mehr zu bekommen.

„Ja, ja. Ich weiß. Steh auf jetzt. Es ist Zeit und es ist schon lange, schon so lange genug. Schau was ich hier habe."

Sie hält mir eine Spitzhacke und einen Spaten vors Gesicht.

„Du nimmst das mit dem abhacken ein bisschen zu wörtlich glaube ich. Und wofür ist der Spaten?"

„Das ist doch der Sinn der Sache. Einfach abhacken, was dich so fertig macht und den Spaten habe ich mitgebracht, falls wir ihn vergraben müssen. Nur für alle Fälle.“

In den letzten Tagen (es sind schon viele, viele Wochen geworden), war sie der einzige Mensch, der jeden Tag nach mir gesehen hat. Versucht hat, mir diesen Schmerz von der Brust und der Seele zu nehmen und ihn aus meinem Kopf zu streichen. Geduldig hat sie sich neben mich gelegt, meine Hand gehalten und sichergestellt, dass ich noch atme. Dass ich einfach immer weiter atme und das auch bloß nicht vergesse. Ich bin mir fast sicher, dass ich das getan hätte. Also das Atmen vergessen. Wenn sie nicht neben mir gelegen hätte um mich daran zu erinnern.

„Wenn heute nur Atmen geht ist das okay, dann versuchen wir das mit dem leben morgen nochmal. Aber Atmen darfst du nicht aufhören“ hat sie dann gesagt. Sie hat die Wohnung gelüftet und die Wäsche gewaschen. Den Kühlschrank erst aufgefüllt und dann wieder aussortiert. Ich bin ihr dankbar. Ich verdanke ihr alles. Aber ich kann noch nicht aufstehen. Nicht einmal für sie.

„Ich weiß nicht wie oft ich dir noch sagen soll, dass ich nicht kann. Ich kann einfach nicht“.

Da laufen sie wieder. Die Tränen. Wie ein Sturzbach schießen sie mir aus den Augen und tropfen auf das Bettlaken. Mein Atem beschleunigt sich und ich merke, wie mir erst ganz heiß und einen Sekundenbruchteil später wieder eiskalt wird. Ich fühle mich beschissen und genauso muss ich auch aussehen.

Während sie unbeirrt weiter auf mich einredet, versuche ich nachzudenken. Wann habe ich das letzte Mal geduscht? Und wann meine Zähne geputzt?

Ich fahre mit der Zunge alle meine Zähne nach um zu schauen, ob ich überhaupt noch welche habe (ja natürlich) und ob auch noch alle da sind (alle, bis auf den einen aber der fehlt schon seit Jahren). Ich fasse mir vorsichtig auf den Kopf um zu überprüfen ob meine Haare noch da sind (wo sollen bitte meine Haare hin verschwunden sein) und dann wackele ich zaghaft mit den Zehen. Die sind auch noch da. Ich bin offensichtlich noch hier. Habe mich nicht aufgelöst und das hier ist keine Demoversion von mir in irgendeinem Alternativuniversum.
„Hast du mir überhaupt zugehört?"

Ich zucke zusammen und starre diesen Menschen in meinem Schlafzimmer an, der mir einen erwartungsvollen Blick entgegensetzt.

„Nein."

„Hä? Was hast du denn dann gemacht?"

„Ich habe nachgeschaut ob meine Zähne noch da sind."

„Du bist doch kaputt im Kopf."

„Und im Herz. Und überhaupt überall. Alles ist kaputt." Ich schluchze laut und verzweifelt.

„Quatsch. Das einzig kaputte an dir ist dein Kopf, und den müssen mir jetzt halt Neustarten. Wie einen Computer. Hardreset!"

„Drückst du mir jetzt das Kissen auf den Kopf oder wie stellst du dir das vor?"

„Nö. Ich habe eine viel bessere Idee."

Sie sieht mir die Skepsis an und verlässt den Raum. Nur wenige Augenblicke später kommt sie zurück und schiebt mir einen zerknitterten Zettel zu. Einen Ausdruck. Ein Foto. Es wird alles verändern.

„Die Welt braucht dich jetzt wieder, also reiß dich zusammen."

Ich starre auf das Foto. Ein Baby. Ich kann seine kleinen Fingerchen erkennen und den Kopf. Es ist perfekt. Alles an ihm oder ihr. Bei dem Gedanken daran es bald in den Armen halten zu können wird mir schwindlig. Ich muss wieder weinen, heftiger noch als in den gesamten vergangenen Monaten. Und sie sitzt einfach neben mir, mit den gelben Gummistiefeln und der Schaufel. Sie wartet. Bis ich verstanden habe, was das bedeutet. Sie wartet. Wartet schon so lange auf mich.

„Hardreset? Das ist, als hättest du die Welt gerade angehalten und dann vollspeed angeschubst. Wie diese rostigen, roten Kreisel auf den Spielplätzen früher".

„Ich weiß. Aber es hat doch geholfen, oder?"

Anstatt ihr zu antworten, schiebe ich träge meinen Körper aus dem Bett. Ich weiß gar nicht, wann meine Füße das letzte Mal den Boden berührt haben. Meine Welt bestand so lange nur aus diesem Bett und einer Flut an Tränen. Und aus leeren Weinflaschen. Die habe ich jetzt auch entdeckt. Habe mir irgendwann nicht mal mehr die Mühe gemacht sie zurück in die Küche zu räumen, sondern einfach aus dem Bett geschmissen. Mir tut jeder Knochen weh. Zehen bestehen wohl aus mehreren davon. Mein Körper knarrt und kracht bei jedem Millimeter, den ich mich zurück ins Leben kämpfe. Aber erst mal in meine Gummistiefel. Die sind nicht gelb. Sie sind blau. Und drücken vorne links am rechten Fuß.

„Dein Ernst jetzt?"

„Ja, wieso nicht? Wir müssen das mit dem Abhacken ja jetzt in Angriff nehmen."

„Schon, aber vielleicht ziehst du dir dafür noch eine Hose an."

Ich blicke verwirrt an mir hinunter und erkenne, dass ich tatsächlich keine Hose trage. Aber dafür die blauen Gummistiefel.

„Ach verdammt! Ich kann aber auch wirklich gar nichts."

„Stimmt, aber dafür hast du ja mich."

Sie reicht mir eine meiner Hosen und lacht.

Stimmt, denke ich. Dafür habe ich ja dich.

KASTANIEN

Meine liebste Jahreszeit wird fortan immer der Herbst sein.
Weil er dich zusammen mit einem goldenen Blätterhaufen in
mein Leben geweht hat.

ZIELLOS

Manchmal musst du gehen. Da hilft nichts anderes mehr. Weil
alles zu schwer geworden ist. Weil die Welt dich erdrückt hat
und das Atmen schwerfiel. Weil du ruhelos warst und den
Heimweg nicht mehr gefunden hast. Weil es dann besser ist,
es gar nicht erst zu versuchen und stattdessen in die entgegen-
gesetzte Richtung zu rennen, die einzig vernünftige Entscheidung ist, die du in deiner Situation treffen konntest. Also
rennst du. Egal wohin, Hauptsache weg. Und irgendwann
kommt der Moment in der Ferne. Da erkennst du dein Zuhause
wieder, erkennst dich wieder. Und dann hält dich nichts mehr.
Komm Heim.

PSYCHOLOGIE

„*Ein Autounfall.*"

„Und hier?"

„*Ein untergehendes Schiff.*"

„Interessant. Was ist hiermit?"

„*Ein Flugzeugabsturz.*"

„Wie bitte?"

„*Ein Flugzeugabsturz.*"

„Ein Flugzeugabsturz?"

„*Ja, das sagte ich doch bereits. Zwei mal.*"

„Mhm. Ja, bitte entschuldigen Sie. Was sehen Sie hier?"

Zum ersten Mal muss ich einen kurzen Moment innehalten.

„*Einen Vorschlaghammer in einer blutigen Hand.*"

„Ein.... einen Vorschlaghammer?"

„*Ja, verdammt. Hören Sie schlecht?*"

„Können Sie das mit dem Vorschlaghammer erläutern?"

Ich rolle mit den Augen, starre dieses Tintenbild vor mir an und frage mich, wie man dort KEINEN Vorschlaghammer erkennen soll.

„Naja, ich weiß jetzt nicht wie ich das erklären soll, weil man ja sogar mit geschlossenen Augen sieht, dass da eindeutig ein Vorschlaghammer auf dem Bild ist."

„Aber warum in blutigen Händen?"

„Weil derjenige, der ihn hält sich offensichtlich schwer verletzt hat."

„Wobei?"

„Bei irgendwelchen Abrissarbeiten nehme ich an."

„Irgendwelche?"

„Ja, so genau kann ich das gar nicht sagen. Aber es war wohl mit sehr viel Anstrengung und definitiv mit Schmerz verbunden. Aber wer auch immer ihn hält ist stärker als der Schmerz."

„Woran erkennen Sie das?"

„Naja, so ein Vorschlaghammer ist ziemlich schwer und anhand der Menge Blut, die zu erkennen ist, muss die Wunde schlimm sein und dennoch hält die Person den Vorschlaghammer ganz fest. Lässt ihn nicht los."

„Was denken Sie, was den Schmerz ausgelöst hat?"

„Die Realität. Die Liebe. Der Verlust. Dieses Gefühl der Ohnmacht. Schlaflosigkeit. Panik. Suchen Sie sich was aus, sie kämpft mit vielen Dämonen gleichzeitig und ich fürchte, auf

lange Sicht wird sie merken, dass man mit einem Vorschlag-hammer zwar Wände einreißen aber keinen Krieg gewinnen kann."

„Das ist ein interessanter Gedanke. Für heute würde ich die Sitzung gerne beenden. Wir sehen uns dann nächste Woche wieder und machen hier weiter. Vergessen Sie den Vorschlag-hammer nicht."

DIE REISE ZUM MITTEL-PUNKT DER WERTE

Das größte Abenteuer meines Lebens wartet auf mich. Eine Reise mit ungewissem Ziel. Ich weiß noch nicht wo ich hin möchte oder wo ich am Ende dann tatsächlich lande, aber ich fühle mich verdammt gut darauf vorbereitet. Mein Rüstzeug habe ich jahrelang sorgfältig ausgewählt, alles liegt parat und ich bin bereit.

Es ist dunkel und kalt, der Weg erschließt sich mir nicht mehr und ich weiß weder wo ich lang muss, noch wo ich hingehöre. Es wird schwierig. Es macht keinen Sinn weiter zu gehen. Es macht sowieso alles überhaupt keinen Sinn mehr. Ich gebe auf. Um mich zu retten wähle ich deine Nummer. Besetzt. Wenig später versuche ich es noch mal. Mailbox. Ich sitze nass und müde im Schlamm. Du wirst mich hier nicht retten kommen also schlussfolgere ich, dass ich verloren bin. Ein hoffnungsloser Fall. Wie kam ich auch auf die dummdämliche Idee ich könnte das alleine schaffen. Ich habe noch nie etwas alleine geschafft. Aus lauter Wut und Frust schreie ich laut in die Nacht hinein und schlage wild um mich. Ich schreie so laut und schlage so lange, bis mir die Luft ausgeht und ich stille Tränen weine. Das wird mein Ende sein.

Kurz bevor ich meine Augen für immer schließen will, spüre ich ein Kribbeln in meiner Brust. Als ich an mir hinunterblicke erkenne ich ein Leuchten. Erst denke ich, dass ich jetzt zu allem Übel auch noch meinen Verstand verloren habe aber ich kann es deutlich sehen. Da brennt ein Licht. In mir. Es scheint so hell, so klar, dass ich den Wald um mich herum erkennen kann. Aber nicht nur das, ich sehe einen Weg, der mich sicher an mein Ziel bringen wird. Das war also die ganze Zeit in mir? Ich allein habe den Schlüssel zu meinem Glück in mir? Brauche überhaupt niemanden sonst? Als ich mich aufrichte, stehe ich auf wackeligen Beinen. Auf meinen eigenen zwei Füßen. Und ich fange an zu rennen. Renne atemlos durch die Nacht, die bereits die Morgendämmerung erkennen lässt.

Als ich an meinem Ziel angekommen bin klingelt mein Telefon. Du bist am anderen Ende, aber ich gehe nicht ran. Du warst nicht da für mich, als ich dich so bitter gebraucht habe. Als ich deine Hilfe gebraucht habe. Da hast du mich aufs Abstellgleis gestellt und genau dorthin schiebe ich dich jetzt auch. Denn es ist so: was ich auf dieser Reise gelernt habe, ist so einiges über mich selbst. Vor allem aber über meinen Wert. Und ich bin mehr wert. Mehr als da zu stehen und zu warten, bis du dich für mich entscheidest. Mehr wert als mich von den kleinen Fehlschlägen definieren zu lassen. Ich habe das gelernt. Spät aber besser als nie, oder? Und damit dir das nicht passiert, lass mich dir eine kleine Starthilfe geben: Deinen Wert kannst du immer nur selbst bestimmen, für alle anderen wird der immer niedriger sein als er eigentlich ist. Lass dich davon nicht unterkriegen. Vertrau auf das Licht in dir und wie hell und stark es scheint.

KREISVERKEHR

„Was machst du denn da?"

„Ehm, ich dreh mich hier im Kreis?"

„Warum?"

„Weil ich gerade überhaupt nicht weiß wie ich mich verhalten soll. Wenn ich dir sage, dass ich dich liebe, dann willst du das gar nicht hören. Wenn ich es dir nicht sage, drängst du mich dazu es dir doch zu sagen. Du zwängst mich in eine Ecke, aus der ich nicht rauskomme. Was soll ich denn machen? In dem Moment in dem ich dir beweisen will, dass ich an mir arbeiten kann, lässt du mich stehen. Sobald ich versuche zu kapieren, wie du funktionierst und so kurz davor bin, es tatsächlich zu verstehen, lädst du ein Update auf dein Herz herunter und ich kann wieder von vorne anfangen. Jedes Mal, wenn ich nach deiner Hand greife, ziehst du sie zurück und wedelst im nächsten Augenblick mit ihr vor meinen Augen wie mit einer Karotte vor einem Esel. Also dreh ich mich hier im Kreis. Komm nicht mehr voran und auch nicht zurück, komm niemals an. Bei dir oder bei mir oder bei irgendwem".

„Und was wird das jetzt, wenn es fertig ist?"

„Das hier? Jetzt verbieg ich mich auch noch um doch irgendwie an dich ran zu kommen. Weil ich dich will. In meinem Leben und ich möchte gern Teil sein von deinem. Ein Teil von dir, ohne dass du nicht mehr leben kannst. Und ich bilde mir ein, wenn

ich es endlich schaffe, schaffe zu dir. Dann wirst du das schon merken. Dann wirst du mir eine Brücke schlagen und ich kann aufhören mit dem Zirkus hier."

„Aha."

„Warte mal, was machst du eigentlich da?"

„Ich baue jetzt lieber doch noch eine Mauer um mich herum. Ist mir zu wild was du da machst. Ist mir zu nah. Zu unsicher. Ich bau eine Mauer so hoch, dass du sie unmöglich erklimmen kannst. Ich weiß nicht wie oft ich dir gesagt habe, dass ich dazu nicht bereit bin. Dass ich für dich nicht bereit bin. Aber du verstehst es nicht. Du willst es nicht hören. Also bleibt mir nur eins übrig: Eine Mauer bauen, ohne Fenster. Am Ende reicht Liebe allein nämlich nie aus, du Dummchen. Und wenn nur einer Bereit dafür ist, kann man auch keinen Staffellauf gewinnen. Wenn nur einer von uns sich verbiegt und im Kreis dreht, kommen wir trotzdem nie an."

FAULER ZAUBER

Was, wenn ich dir meinen Schwachpunkt zeige? Triffst du ihn dann? Und wenn ich dir jetzt den Satz verrate, der mich im Nachhinein zerstört hat, verstehst du dann auch, warum?

„DAS IST EINE ECHT KRASSE MAGIC ZWISCHEN UNS."

Von allem, was du von dir Preis gegeben hast, war das tatsächlich einer der schlimmeren Sätze. Weil es wirklich eine krasse Magie war. Aber es ist fauler Zauber. Einer von denen, der dir erst weltverändernd vorkommt und dir das Blaue vom Himmel verspricht. Ein Zauber, von dem du denkst, er verleihe dir Flügel und das sprichwörtliche dritte Auge. Die Macht, die Dinge klar zu sehen und die dämliche Gewissheit, dass am Ende eben doch alles gut werden kann. Und dann passiert, was zwangsläufig immer bei schwarzer Magie passiert: du vergiftest dich. Bis du es bemerkst, ist dein Blut damit versetzt und es durchzieht dich wie die Kälte an einem Januarmorgen in Sibirien.

Du hast jetzt erkannt, dass es keine Rettung gibt. Nicht für dich. Du bist jetzt gebrandmarkt. Überlebt hast du nur mit Müh und Not. Deine Flügel sind gebrochen, der Willen gebeugt und die Hoffnung hast du verloren. Die Schuld daran könntest du versuchen, auf jemand anderen abzuwälzen, aber letzten Endes bleibt sie bei dir. Du bist auf diesen Scharlatan hereingefallen. Du, ganz allein. Hast naiv und dumm diesem Jahrmarktmagier geglaubt, als er dir von deiner goldenen Zukunft und dem Happy End erzählt hat. Was er letztlich dann aus seinem Hut gezaubert hat, waren weder weiße Tauben, noch ein Kaninchen oder die Liebe. Es waren ein gebrochenes Herz und zerschlagene Träume.

Das hast du jetzt davon. Und natürlich kannst du versuchen die schwarzen Flecken auf deiner Haut (eine Nebenwirkung des Giftes) zu überdecken und einfach weiter so tun, als wäre nichts. Als wäre nicht gerade deine Welt in Flammen aufgegangen und dir die Luft aus den Lungen gewichen. Aber ein bitterer Beigeschmack bleibt für immer. Nie wieder wirst du frei und unbeschwert an die Liebe glauben. Wirst niemals mehr nach der Magie in den kleinen und großen Dingen des Lebens suchen und dich hüten, vor Magiern und Zauberern. Vor Hexen und Wichteln. Du bist gebrandmarkt. Vergiss das nicht. Bist reingefallen. Auf faulen Zauber.

VERSPROCHEN

Ich verspreche dir, dass ich es versuchen werde. Ich versuche die Menschen wieder näher an mich ran zu lassen und die Hoffnung niemals aufzugeben. Ich versuche die Nächte wieder zum Schlafen zu nutzen und nicht um zu arbeiten. Ich verspreche dir, dass ich das aushalten werde. Ich halte aus, dass du mir fehlst: heute, gestern und wahrscheinlich auch noch morgen. Ich halte aus, dass wir mittlerweile wie Fremde sind und das Vertrauen zwischen uns eine blasse Erinnerung zu werden scheint. Ich verspreche dir, was immer du möchtest. Versprochen. Nur versprich du mir bitte das eine: Niemand soll meinen Platz in deinem Herzen bekommen.

SCHLUSSVERKAUF

Als ich dir ganz leichtsinnig so viel von mir gegeben habe, war mir nicht klar, dass du irgendwann gehst. Und jetzt wo du weg bist, ist mir aufgefallen, wie wenig von mir geblieben ist.

BRIMBORIUM

„Was das Herz nicht erträgt, muss die Leber ausbaden" und *„Wo die Liebe hinfällt, schlägt sie sich die Knie wund"*, sage ich während ich mir einen weiteren Tequilashot einverleibe. Ich muss hysterisch lachen und erinnere mich selbst an die beeinträchtigte Hyäne Ed aus Disneys König der Löwen. Ich sitze vor einem Lagerfeuer aus Briefen. Es sind über die Jahre so viele geworden.

So unendlich viele unausgesprochene Worte und falsche Hoffnungen. Jetzt habe ich sie angezündet und schaue zu, wie die Funken im Nachthimmel tanzen, bevor sie für immer verschwinden. *„Nur noch einen, nur noch einen und das wars"* singe ich, als ich den nächsten Shot leere. Ich reiße mir das Amulett vom Hals und tanze um die Flammen. Deinen Namen habe ich darin monatelang mit mir herumgetragen. Deinen Namen und ein Bild. Du solltest mir immer ganz nah sein, immer in der Nähe meines Herzens. Jetzt werfe ich es in die Flammen und versuche es nur eine Sekunde später wieder raus zu holen. Leider vergebens. Die Flammen haben es umschlossen, das Metall glüht. Ich sinke weinend neben dem Feuer auf den Boden, die Flasche in der Hand. *„Wenn der letzte Strohhalm an den man sich klammert in einer Flasche Tequila steckt, geht's eigentlich"* versuche ich mir einzureden, während mir dicke Tränen die Wangen herunterlaufen.

Was für ein Brimborium ich hier veranstalte. Ganz schön unnötig. So wie alles an dieser Geschichte. So wie du. Du. Du. Du. Du warst der unnötigste Zufall meines Lebens. Dein Auftritt in selbigem war ein einziges, großes Brimborium. Viel zu viel Tumult, der es am Ende nicht wert war. Hätte ich mir sparen können. Ein Mensch vergießt im Schnitt achtzig Liter Tränenflüssigkeit in seinem Leben. Du hast mich mindestens vierunddreißig gekostet und es wären noch mehr geworden, wenn ich nicht den Tequila gefunden hätte. Und den Wein. Wodka und Rum. Whisky und Bourbon. Die haben mich dafür ein hübsches Sümmchen gekostet und aus den leeren Flaschen ließe sich in der Zwischenzeit ein Mehrfamilienhaus bauen. Dann war da noch die Tinte und das viele, viele Papier. Ich kann die Briefumschläge kaum noch zählen, ebenso wenig wie die kleinen, feinen Schnitte in den Fingern. Die, die so höllisch weh tun obwohl man sie oft gar nicht sehen kann. Wie mein Herz.

Das tat so verflucht weh und es hat einfach niemand gesehen. Keiner hat etwas davon mitbekommen, wie oft ich atemlos und hyperventilierend in meinem Bett oder auf dem Boden davor lag (manchmal auch in der Badewanne). Niemand ist es aufgefallen, wenn ich mitten im Winter schwimmen war oder so lange durch den Wald gerannt bin, bis ich erschöpft zu Boden sank. Danke dafür, du Penner. Das ist so eine scheiße, ehrlich. Wie du eines Morgens einfach aufgestanden bist und entschieden hast, dass ich dich nicht mehr interessiere. Du bist einfach gegangen. Einfach so. Und am aller schlimmsten ist dir dabei zusehen zu müssen, wie einfach das tatsächlich für dich ist.

Ich muss es jetzt loslassen, dieses unnütze Kapitel in meinem Leben. Das ist mir klar. Loslassen bedeutet aber auch zu fallen und das möchte ich tunlichst verhindern. Das einzige Problem ist nur: um nicht zu fallen, versuche ich immer noch, mich an dem festzuhalten, was nicht da ist. An dir. Wie irrsinnig. Du bist beides: mein Ende und mein Anfang.

FEHLER

Ich weiß gar nicht ob dir mal jemand gesagt hat, dass wir Fehler machen können. Die gehören zum Leben dazu. Jeder macht sie. Ich. Du. Die Frau von nebenan, die ihre Eier immer noch in die Biotonne wirft. Der Mann die Straße runter, der nachts in fremden Betten schläft. Das Kind, das seinem besten Freund das letzte Gummibärchen nicht gönnt und es lieber in die Pfütze wirft. Manche Fehler bereuen wir, andere nicht. Hinterher stellt sich der ein oder andere davon sogar als Nicht-Fehler heraus. Aber keiner von uns kommt ohne sie aus. Jetzt kann man sich natürlich fragen, warum ich auf die Idee komme, dass dir nie jemand gesagt hat, dass du Fehler machen darfst. Dabei ist es doch offensichtlich. Ich glaube, du bereust. Ich kann mir einfach beim besten Willen nicht vorstellen, dass du jemanden aus deinem Leben streichen und es nicht bereuen kannst. Also nicht, wenn dieser jemand dir nichts getan hat. Nicht wenn diese Person dir einmal was bedeutet hat. Das ist schlichtweg nicht möglich. Es muss also ein Fehler sein.

HALLELUJA

Als ich noch ein kleines Mädchen war, dachte ich immer ich würde eines Tages einen Fußballspieler heiraten. Einen riesigen Mann mit großen Händen, der in einer Bank arbeitet und auf jeden Fall studiert hat. Als kleines Mädchen wollte ich offensichtlich meinen Vater heiraten. Und es heißt ja auch immer, dass Frauen sich Männer suchen, die sie an ihren Vater erinnern. In meinem Fall ist das aber nicht ganz korrekt. Denn ich habe eine Generation übersprungen. Du bist überhaupt nicht wie mein Vater. Musst du auch nicht sein, einen Papa habe ich ja schon. Dafür bist du einer anderen, prägenden Figur meines Lebens sehr ähnlich.

Du hattest keine unbeschwerte Kindheit, dir ist Unrecht widerfahren und du hast dich schon durch so vieles in deinem Leben durchboxen müssen. Bist nicht der Größte und deine Hände sind wirklich alles andere als riesig. Du hast ein Talent für viele Dinge und deine Stimme hat einen ganz besonderen Klang. Man hört dir so unfassbar gerne zu. Und du machst Musik. Du bist meinem Opa wahnsinnig ähnlich.

Wahrscheinlich habe ich mich dir deshalb sofort so verbunden gefühlt. Weil du mich an ihn erinnert hast. Kein Wunder also, dass du bei deinem ersten Besuch bei mir Zuhause, mit deinem Blick an seiner Gitarre hängen geblieben bist. Du wolltest die Geschichte dieses Instruments hören und ich habe sie dir erzählt. Und für einen Moment war mein Opa wieder da. Zurück in meinem Leben. Ich habe ihn neben dir stehen und dir all die mutigen und irrwitzigen Abenteuer seines Lebens erzählen sehen. Von der Notlandung mit dem Modellflugzeug im Hühnerstall; wie er einmal eine Rakete gebaut und mir zum Schutz vor herabfallenden Trümmern eine Tupperdose auf den Kopf gesetzt hat; davon wie er extra für mich eine Schiebetüre in den Gartenzaun bauen musste, weil ich mich beim Versuch darüber zu klettern zu oft auf die Nase gelegt habe. Er hat dir erzählt vom Marmeladenkarussell; der Rennstrecke, die nach ihm benannt ist; hat dir Fotos gezeigt von ihm, wie er einen Handstand auf einer Kirchturmspitze macht und dir seinen Schraubenzieherdaumennagel vorgeführt. Ihr habt beide gelacht und in meinen Augen sammelten sich Tränen vor Freude und Glück. Ihr hättet euch gut verstanden. Der Fährtenleser und der Cowboy.

Jetzt vermisse ich euch beide. Weil keiner von euch mehr in meinem Leben ist. Wenn ich es kaum noch aushalte hole ich die Gitarre vom Schrank und setze mich aufs Sofa. Ich spiele das einzige Lied, welches ich je gelernt habe und der Schmerz vergeht in der Melodie:

F AM F

C G C G

ENDSTATION

Vom Tod ist noch keiner zurückgekommen. Und doch steuern wir alle darauf zu. Unaufhörlich. Unerbittlich. Wir riskieren Hals und Bein, das Herz, den Verstand und am Ende immer auch das Leben. Wir setzen alles auf eine Karte. Immer und immer wieder.

Wie oft kann man gewinnen, bevor man alles verliert? Wie oft kann ein Bein brechen, bis man es amputieren muss? Wie oft die Börse zusammenbrechen bis man endgültig Bankrott geht? Und wie oft kann man sein Herz verschenken, bis man als kalter, gefühlloser Zellklumpen zurückbleibt? Die Antworten auf diese Fragen habe ich nicht. Ich weiß nichts über Knochenbrüche oder Aktien. Habe keine Ahnung von Poker und noch weniger von der Liebe.

Ich habe das Gefühl von überhaupt nichts eine Ahnung zu haben. Mein Leben verschwendet zu haben. Dieses kostbare, einmalige Geschenk nicht vollumfänglich zu nutzen. Ich fühle mich als wäre ich ein Netflixabo, das ausschließlich von Rentnern genutzt wird, die jedes Mal aufs Neue enttäuscht sind keinen Tatort im Programm zu finden und dann doch beim ersten deutschen Fernsehen hängen bleiben. Deshalb stehe ich jetzt hier. Denn wenn man mit diesem Gedanken so durchs Leben geht und immer mal wieder am Abgrund steht, warum dann nicht sagen: Gut, Schluss, Punkt, Ende, Komma, Aus: jetzt such ich mir mein Verderben eben selber raus.

Wer nicht wagt, der nicht gewinnt, wer nie spielt hat schon verloren und von nichts kommt ja auch bekanntlich nichts. Ich kauf mir also n Ticket. Ne Bahnfahrkarte. Und warte. Und warte. Ich warte. Warte. Während ich so warte überlege ich mir wie ich jetzt Kopf und Kragen riskieren werde, um zum ersten Mal so richtig zu leben und nicht mehr an das gebrochene Herz in meinem Handgepäck zu denken. Ein Bungeesprung vielleicht oder ein Blinddate im Hochsicherheitstrakt. Warten. Ich könnte in eine Tüte Popcornmais beißen oder an einem illegalen Straßenrennen mit einem Dreirad teilnehmen. Warten. Vielleicht ist jetzt auch der richtige Moment um Kugelfisch in einem billigen, japanischen Restaurant mit schlechtem Ruf zu bestellen oder irgendwelchen Nazis auf die Nase zu hauen. Warten. Ich könnte auch etwas total Verrücktes machen wie meinen ganzen Besitz verkaufen und nur mit einem Rucksack durch die Antarktis reisen. Oder meinen Lebensunterhalt mit dem Verkaufen von Unterwäsche und getragenen Socken finanzieren. Ich könnte mich für ein Astrophysikstudium einschreiben und meinen Master machen. Ich wäre dann Master of the universe. Warten.

„Hallo, Entschuldigung? Ist das hier die Haltestelle für die Kehrtwende im Leben?"

Ich werde jäh aus meinen Tagträumen gerissen.

„Ja, ich glaube schon. Aber die Bahn kommt nicht. Ich warte hier schon seit Ewigkeiten."

„Hmm, merkwürdig. Stört es dich, wenn ich mich dazu stelle und auch hier warte?"

„Nein, gar nicht."

„Wohin fährt der Zug hier eigentlich?"

„Puh, keine Ahnung. Irgendwohin."

„Irgendwohin ist gut."

„Ja, oder? Hauptsache weg."

„...und neu anfangen!"

„... den ganzen Schmerz hierlassen!"

„... und wo anders sein Glück versuchen."

Der Fremde und ich sehen uns an. Eine Sekunde zu innig, einen Augenblick zu lang.

„Wovor läufst du weg?"

„Vor einem gebrochenen Herz und du?"

„Vor einem Leben, in dem ich unter meinen Möglichkeiten geblieben bin."

„Und du denkst, dass du das wo anders nachholen kannst?"

„Hier kann ich es auf jeden Fall nicht."

„Das hört sich für mich nach aufgeben an."

„Aber vor einem gebrochenen Herz davonlaufen, ist besser?"

Beschämt starre ich meine lilanen Sneaker auf dem Boden an. Ich atme tief ein. Will gerade etwas sagen, als ich den Zug hören kann. Und als die Bahn endlich ankam, das war der Moment an dem ich mir dann nicht mehr so sicher war. Ob das jetzt der Moment ist um zu sagen: Adieu du schön beschissene Welt, weil sie mir halt doch noch irgendwie gefällt. Der Fremde vor mir zögerte hingegen nicht, er stieg ein und war augenblicklich aus meinem Sichtfeld verschwunden. Ich ging meinerseits nun auch einen Schritt auf die Bahngleise zu, dann noch einen und dann war der Zug schon weg.

Hier, wo meine Reise hätte beginnen sollen, endet sie. Endstation. Weil mein Leben ganz wo anders auf mich wartet und all die verpassten Chancen, die stören mich nicht. Das war nie der Grund warum ich von hier fort wollte. Um das zu erkennen hat es aber diesen Fremden in dem Zug vor mir gebraucht. Mein Weg führt mich jetzt also zu dir. Vor einem gebrochenen Herz kann man nämlich tatsächlich nicht davonlaufen, das weiß ich jetzt. Und vielleicht bist du die nächste Endstation. Vielleicht aber auch der Anfang einer wunderbaren Reise.

REICHTS DIR ENDLICH?

Es ist der Geburtstag von meinem besten Freund. Während der Alkohol in rauen Mengen fließt und ich umgeben bin, von Menschen, die mir die Welt bedeuten, fängt das Geburtstagskind an, über mich zu sprechen. Mit von stolz geschwellter Brust sagt er, wie schlau ich bin und was ich alles gut kann. Er sagt, dass er mich unheimlich liebt und ich der witzigste Mensch in seinem Leben bin. Dass er sich immer auf mich verlassen kann und ich diejenige bin, die er anrufen würde, wenn er eine Leiche entsorgen müsste oder/und ein Alibi benötigt. Weil er genau weiß, dass ich keine Fragen stellen, sondern ihm einfach bei Seite stehen werde. Er sagt, dass ich wie Familie für ihn bin und er gar nicht weiß, wie ich das alles immer schaffe und dann auch noch Zeit finde, das Leben von anderen Menschen besser zu machen. Alle im Raum stimmen ihm zu und in diesem Augenblick krampft sich mein Herz für einen kurzen Moment zusammen. Mir wird schmerzlich bewusst, was für wundervolle Menschen ich in meinem Leben um mich herum versammelt habe. Dass es mir an gar nichts fehlt und ich alles habe, was ich zum Leben brauche. Viel mehr sogar noch als das. Und dennoch habe ich mir eingebildet, dass ich dich noch brauche. Dass ausgerechnet du mir fehlst. Aus meinem Gedankenstrudel reißt mich letztlich mein bester Freund. Er prostet mir zu und schaut mich lange an. Dann nimmt er mich in den Arm und sagt: Weißt du, irgendwann da reicht dir das. Aber erst wenn du dir selber auch genügst."

UND

Nach einem Punkt kommt für gewöhnlich nichts mehr. Da ist der Satz eigentlich beendet. Ein Punkt gleicht fast einem Schlussstrich. Er ist sozusagen der kürzeste Schlussstrich der Welt. Einfach nur ein Punkt. Aber dann gibt es eben noch das „und". Das Wort, das sich beharrlich weigert diesen Punkt zu akzeptieren oder den Schlussstrich, den er darstellen soll. Und. Wenn der Satz schon beendet ist, und dir dann noch einfällt was du sagen wolltest und du eigentlich genau weißt, dass das niemanden mehr interessiert und du aber hoffst, dass da noch der eine, einzige sitzt und dir zuhört.

Deshalb fängst du an zu stammeln… und was ich dir noch sagen wollte: du sollst immer gut auf dich aufpassen und dein Schatten soll immer Hinter dir stehen und es soll dir im Leben nie an Liebe und Magie fehlen und du sollst immer trockene Füße im Zeltlager haben und dir soll nie die Gitarrensaite reißen und deine Stimmbänder sollen sich nie entzünden und dann soll immer dein Lieblingswein im Angebot sein und du sollst ihn jeden Abend perfekt temperiert trinken können und im besten Fall mit jemandem gemeinsam, der dir viel bedeutet und dann soll dir beruflich immer alles ganz leicht von der Hand gehen und du sollst nie im Schwimmbad ausrutschen und nie so lange im Stau stehen, dass du griesgrämig wirst und du sollst die schönsten Sternschnuppen sehen und einmal öfter am Lagerfeuer sitzen als es gut für deine Lunge ist und sie soll dir das dann aber bitte trotzdem verzeihen und du sollst immer die Anerkennung bekommen die du verdienst und den Frieden in dir finden den du schon so lange suchst und du sollst sonntags immer dein Lieblingsessen essen können und einen Menschen, ganz für dich alleine haben und dir sollen nie die Ärmel runter rutschen während du gerade deine Hände wäschst und hoffentlich setzt du dich auch nie in einen alten Kaugummi und ich: ich komm schon klar und ich bin gar nicht immer traurig und wütend und verzweifelt und oft denk ich an dich und ja dann rollen mir manchmal die Tränen über die Wange aber dann wisch ich sie schnell weg, damit niemand sieht wie weh das eigentlich noch tut und wie dämlich das aussieht und ich stehe abends manchmal auch noch extra lange vor meiner Haustüre bevor ich rein gehe, weil ich denke du kommst vielleicht ums Eck und es war alles nur ein schlimmer Traum und jetzt ist alles gut und du gehst nicht mehr, nie mehr und ich brauche mir gar keine Sorgen machen und dann fällt mir ein, dass das Irrsinn ist weil du nicht kommst und dann muss ich sagen was ich dir noch sagen wollte: wir, wir hätten nur dann zusammen sein können wenn das Leben nicht so grausam wäre und ich ein bisschen ruhiger und du dafür ein bisschen mutiger gewesen wärst und wenn wir das Ding nicht einfach beide Vollgas gegen die Wand gefahren hätten und das Auto dann auch noch mit Benzin übergossen und angezündet hätten und wenn wir uns nur auf das Herz und nicht allein auf den Kopf verlassen hätten und wenn wir einfach mal geschaut hätten wo die Reise so hingeht und nicht auf halbem Weg ausgestiegen wären, weil wir beide Flugangst haben und das obwohl wir gar nicht fliegen sondern fahren und dann wär das schon ganz schön gut geworden und vielleicht hätten wir uns auch ab und zu gestritten und gefetzt, bestimmt aus gutem Grund und danach hätten wir uns wieder vertragen und es wär nie alles einfach gewesen aber vieles besser und mit Sicherheit um einiges schöner und wir hätten das Glück in der Hand gehabt und gesiegt und das allen unter die Nase gerieben, dass wir das jetzt geschafft haben und das auch wissen und dann kam es eben doch alles anders, weil das Leben grausam zu uns war und wir einfach zu dumm um zu verstehen, was wir da so waghalsig riskiert hatten. Und das wars dann. Und...

WANDERSMANN

Du hast das getan, wovon ich immer dachte, dass ich diejenige bin, die es letztlich tun wird. Du hast den einfachen, den feigen Weg gewählt. Weil es das ist, was du kennst. Weil du diesen Weg schon so oft, so lange gegangen bist, dass man deine Spuren dort sehr deutlich erkennen kann. Bei jeder Witterung. Ich kann sie sogar bis hierher erahnen, dabei bin ich meilenweit von dir entfernt.

Natürlich ist dein Weg kein schmerzfreier, aber du kennst dort jeden Stein. Jede Kurve. Jeden Graben. All die Glassplitter. Du weißt, wann du ein extra Schutzpolster benötigst, wann es ratsam ist langsamer zu gehen und wann du lieber Anlauf nehmen solltest. Ich hingegen stehe da drüben auf dem anderen Pfad.

Es ist eine Strecke, von der wir beide nicht wissen wohin sie führt. Geschweige denn was für Gefahren oder Herausforderungen dort auf uns warten. Es ist ein Weg, den man auf keinen Fall alleine bestreiten kann. Man muss ihn zusammen gehen. Jetzt kann man sich natürlich berechtigterweise fragen, wie ich hier alleine hingekommen bin. Die Wahrheit ist ganz einfach. Ursprünglich waren wir zu zweit. Ich ging meiner Wege und du deiner. Und dann kam da auf einmal diese Kreuzung und dieser Pfad und da haben wir uns getroffen. Und dann waren wir halt zusammen dort. Sind ein Weilchen nebeneinander her gewandert. Es war schön und es war gut. Alles war in bester Ordnung.

Aber dann hast du einfach eine Kehrtwende gemacht und hast mich da alleine stehen lassen. Bist zurück auf deinen eigenen, alten Weg gegangen. Während du am Horizont immer kleiner geworden bist, frage ich mich ob du dich manchmal noch nach mir umdrehst. Ich stehe hier nämlich immer noch. Wie ein verwundetes Reh, das nicht weiß ob es dem Jäger hinterher oder tiefer in den Wald rennen soll. Ich habe gesehen, dass du dich umgedreht hast. Habe gespürt wie du langsam den Rückzug angetreten hast. Ich habe gesehen wie du die Spuren vor dir und mich hinter dir begutachtet hast. Du hast mich angeschaut und abgewägt. Dann bist du losgerannt.

Vielleicht weil ich zu ungeduldig auf der Stelle getreten bin oder weil ich geweint und geblutet habe und du nicht dafür verantwortlich sein wolltest. Kann auch sein, dass einfach nur die Stimme in deinem Kopf lauter war als die in deinem Herzen. Warum spielt keine Rolle. Ich erkenne dich kaum noch am Horizont. So weit bist du mittlerweile schon entfernt. Du drehst dich nicht mehr um. Läufst einfach stur weiter gerade aus. Mach's gut. Ich hoffe du kommst sicher an deinem Bestimmungsort an. Während du wieder auf gewohnten Wegen wanderst bleibt mein Schicksal ungewiss. Kann nicht vor und nicht zurück. Nur hier stehen und dir zusehen bis du ganz verschwunden bist.

Vielleicht schon mit dem nächsten Sonnenuntergang, du Wandersmann.

GLAUBENSBEKENNTNIS

Ich bin eben an einer Kirche vorbeigekommen. Es ist eine dieser alten, kleinen Dorfkirchen, wie sie in jedem zweiten Ort steht. Eine Kirche, neben der der Pfarrer wohnt und auf deren anderen Seite sich der Friedhof anschließt. Es ist eine dieser Kirchen, die noch gut in Schuss sind, weil sich die ältere Generation der Dorfbewohner aufopferungsvoll darum kümmert. Um die Kirche. Diese wichtige Institution in dem kleinen Ort. Normalerweise schenke ich ihnen wenig Beachtung. Den Kirchen, nicht den Dorfbewohnern versteht sich. Ich war nie ein besonders gläubiger Mensch. Das heißt ich glaube schon, aber an das Schicksal und das Universum. Nicht an Gott.

Aber diese Kirche war anders. Sie hat mich in ihren Bann gezogen. Vor ihr waren wunderschöne Blumen aufgereiht. In verschwungenen Linien zogen sie sich die Treppenstufen hinunter. Lila und Gelb, Orange und Weiß. Ein Meer von Blumen, so ordentlich arrangiert, mit so viel Hingabe drapiert. Es dauerte eine Weile bis ich die Steine zwischen den Blumenreihen entdeckt hatte. Es waren drei Stück. Schwarzer Granit mit weißer Schrift. Mächtig und wuchtig. Sie wirkten fast schon ein bisschen deplatziert, jetzt wo ich sie endlich entdeckt hatte. Hoffnung, Glaube und Liebe waren auf ihnen eingraviert. Verrückt, denke ich. Irgendwie gehört ja eins zum anderen. Aber was davon muss denn zuerst da sein, damit die beiden anderen wachsen können?

Musst du an die Liebe glauben und dann hoffen, dass sie nie vergeht? Oder hoffst du auf die Liebe und kannst erst daran glauben, wenn du sie erlebst? Und was, wenn dir eins der drei abhandenkommt? Wenn du die Hoffnung aufgegeben oder den Glauben an die Liebe verloren hast? Was passiert denn dann? Tritt dann das Gegenteil ein oder ist dann einfach eine Leere da. Ein Nichts. So wie das aus dem wir alle kommen und in das wir wieder zurückkehren. Wobei wir ja nicht mit Sicherheit sagen können, dass das ein Nichts ist. Und wenn ein Nichts tatsächlich existieren kann, dann ist es ja nicht Nichts. Jetzt wo du weg bist, ist in mir ja auch nicht Nichts. Da ist immer noch Liebe und Hoffnung und Glaube. Und vielleicht ist das die Quintessenz im Leben.

Wir sind das Wunder an sich. Ich und du und sie und er und wir alle. Weil wir irgendwann mal angefangen haben zu leben und mit dem Leben da kam die Liebe. Das muss ja so sein. Mit der Liebe die Hoffnung und am Ende dann der Glaube, woran auch immer. An all das Gute und die Happy Ends. An all den überwundenen Schmerz und jemanden, der dich findet, wenn deine dunkelste Stunde geschlagen hat.

Auch wenn das am Ende dann deine eigene Hand ist, die du dir versöhnlich reichst, während du wie ein Phönix aus der Asche steigst.

INDIANA JONES

Harrison Ford ist einer der großen Helden meiner Kindheit. Han Solo war meine aller erste große Liebe und über seinen Filmtod bin ich bis heute nicht hinweggekommen. Dass ich als junges Mädchen überhaupt mit Harrison Ford in Berührung kam ist meinem Vater geschuldet. Ich habe sehr junge Eltern. Das ist ein großes Privileg, finde ich. Und mein Vater ist bis heute einfach ein sehr großes Kind im Körper eines noch größeren Mannes. Er war selber fast noch ein bisschen grün hinter den Ohren, als ich mit großen Augen und kleinen Ärmchen auf seinem Schoß saß. Gemeinsam haben wir das A-Team, MacGyver und Knight Rider angeschaut. Und Indiana Jones. Diesen verwegenen Archäologen mit Hut und Peitsche. Ich liebte Indiana Jones. Ein Schatzsucher. Ein Zeichenfinder. Zeichen. Die suche ich heute auch verzweifelt. Ein Zeichen, dass du mich noch liebst. Etwas, das mir sagt, dass du mich auch vermisst und im Moment noch zu stolz bist, um dir das einzugestehen. Aber du fühlst es. Und wenn die Zeit reif ist, lässt du mir ein Zeichen zukommen.

„Sag mal, siehst du auch diese Gitarre da in den Wolken?"

„Nein?"

„Oh… Schade."

„Wie kommst du denn auf eine Gitarre?"

„Keine Ahnung, hätte ja sein können."

Das war sowas von gelogen. Ich habe absichtlich nach einer Gitarre in den Wolken gesucht. Dachte, wenn ich eine finde, und ich nicht die Einzige bin, die sie sehen kann, dann ist das ein Zeichen. Dann soll ich auf mein Fahrrad steigen und zu dir radeln. An deiner Tür klingeln und du wirst aufmachen und wir werden reden und dann hat das alles hier ein Ende. Also ein anderes Ende als das, das wir schon haben. Diesmal wird es ein gutes Ende sein. Eines in dem wir abends auf deiner Couch sitzen, Musik hören und Paprikasuppe essen. Aber die Einzige, die hier eine, zugegeben sehr verschrumpelte, Gitarre erkennen kann, bin ich. So wie ich die Einzige war, die dein Gesicht im Kaffeesatz erkannt hat. Ich habe gedacht deine Stimme zwischen hundert anderen auf einem Konzert gehört zu haben und als mich jemand zum Frühstück eingeladen hat, dachte ich für einen kurzen Moment, da stünde Kürbismarmelade auf dem Tisch. Ich habe überall nur dich gesehen, aber du warst gar nie da. So lange Zeit habe ich nach einem Zeichen gesucht, von dir oder dem Universum, ganz egal. Alles einerlei. Hauptsache ein Zeichen. Dann wurde mir klar: die Abwesenheit eines Zeichens ist das Zeichen, auf das ich gewartet habe. Ich werde keinen verlorenen Schatz finden, den letzten Kreuzzug habe ich hinter mir und es taucht auch kein Tempel mehr auf, der mir meinen Glauben an ein Happy End zurückbringt. Du bist fort und kehrst nicht mehr zurück. Nie mehr. Es wird Zeit, das zu akzeptieren und meinen Zeichensucherhut an den Nagel zu hängen.

ABBRUCHARBEITEN

Ich stehe da. In den Trümmern meiner Existenz, mit einem Vorschlaghammer in beiden Händen. Breitbeinig und verschwitzt, mir laufen die Tränen über das Gesicht. So viele Jahre habe ich hier alles mühsam aufgebaut. Stein auf Stein gesetzt, mit Vorsicht und Bedacht. Mit größter Sorgfalt habe ich in liebevoller Kleinstarbeit die Wände gestrichen, in den buntesten und schönsten Farben. Ich habe mir meine Welt gemacht, widewidewie sie mir gefällt. Keinen habe ich hier rein gelassen, die Angst war zu groß, dass jemand anderes hier Schaden anrichten könnte. Nein, meine Welt war mir zu heilig um sie kaputt machen zu lassen von jemand anderem. So lange habe ich gearbeitet und Tag und Nacht geackert, damit es so schön wird wie es letztlich auch wurde. Ich ganz allein habe das geschafft.

Und dann kamst du. Hast hier alles angefasst und bestaunt, deine Spuren hinterlassen und dich dann verpisst. Hast mich hier stehen lassen, in meiner kleinen Welt, die so viel größer wurde als ich dich hineingelassen habe und die mich jetzt überfordert. Die mir gar nicht mehr zu gehören scheint. Wochenlang habe ich die Wände angestarrt. Wusste weder wo ich gehen noch wo ich stehen sollte. Überall sah ich dich und es schmerzte. Hier hast du gesessen, als du mich gefragt hast ob man meine Eltern leicht beeindrucken kann oder ob du dir mehr Sorgen wegen meiner Brüder machen musst. Da bist du gestanden als du mir gesagt hast, dass du meinetwegen hierbleibst und nicht umziehen wirst. Hier saß ich ganz nah neben dir und habe mich sicher und geborgen gefühlt. Dort drüben ist mir ein Glas zu Bruch gegangen, kurze Zeit danach haben wir über einen schlechten Witz gelacht. In meinem Garten hast du die Sterne bestaunt und ich hatte nur Augen für dich. Überall die Erinnerung an dich. Überall du.

Irgendwann habe ich's nicht mehr ausgehalten. Ich bin in den Keller gegangen und hab den alten, rostigen Vorschlaghammer geholt. Für einen Moment habe ich noch gehadert und gezögert. Aber dann wurde mir klar: was erst einmal so kaputt ist kann nie wieder ganz werden. Und das hier, meine Welt und ich. Wir sind kaputt. Abreißen. Alles kaputt machen. Neu machen. Ich habe das schonmal geschafft, ich kann das wieder. Ich hole aus und die erste Wand fällt.

FÜR IMMER

Nur am Anfang.

Nie am Ende.

TROTZDEM

Es war nicht dumm dich zu lieben, es war mutig. Da waren rote Flaggen und dutzende Warnzeichen. Trotzdem habe ich mich dafür entschieden, dich zu lieben. Ich habe es zumindest versucht. Habe versucht jemanden zu lieben, der gebrochen ist. Habe versucht jemanden zu heilen, der kaputt ist. Weil ich mehr lieben kann, als die meisten Menschen. Und trotzdem hat es am Ende nicht gereicht. Aber deswegen war es nicht dumm. Es war Liebe. Nur manchmal reicht die allein eben nicht aus.

URKNALL

Weißt du ich versteh es nicht. Ich kann es einfach nicht in meinen Kopf bekommen. Egal wie sehr ich ihn mir zermartere. Egal wie oft ich alles in Gedanken nochmal durchspiele. Scheiß egal. Ich verstehe es nicht. Und ja, manche Dinge müssen nicht verstanden werden. Aber das hier. Uns. Dich. Das würde ich gerne verstehen. Wie kann man sich denn bitte so nah und dann im nächsten Moment so fremd sein? So als hätte es uns nie gegeben. Das nie gegeben. Dich und mich. Als hätte das Universum den Urknall verursacht und dann im nächsten Moment behauptet: „Oopsi, also Tschuldigung, das muss ich jetzt ganz dringend rückgängig machen, weil das war ja nur aus Versehen und eh ja, hoffe es hat sich keiner von euch schon dran gewöhnt zu existieren. Nochmal sorry. Echt."

Und dann wäre da wieder Nichts. Leere. Stille. Dunkelheit. Wobei da ist ja jetzt auch nicht nichts. Da wird nie mehr nichts sein. Weil ich es gesehen habe. Das Licht. Ich bin der Fehler in der Matrix. Die, die den Urknall gesehen hat. Der Urknall, der du bist. Immer noch. Ich kann nicht so tun, als wärst du nicht an diesem Tag im September auf einmal dagestanden. Als hätte sich da nicht jedes meiner Atome im Körper verschoben und gesagt: „Oha. Also das ist ja krass! Wir müssen uns hier mal ganz kurz neu sortieren und umformatieren. Keine Ahnung wie sein Magnet eingestellt ist aber huiuiui der Shit zieht an." Du hast mich angezogen. Wortwörtlich. Wie die scheiß

Motten vom verkackten Licht angezogen werden. Und vielleicht hätte ich es da schon wissen müssen. Du das Licht und ich die Motte. Das endet ja selten gut, also für die Motte.

Die fliegt hin und denkt sich bestimmt so unnötige Sachen wie: „Ach guck, das Licht. Wie schön und warm. Da werde ich sicher sein. Und glücklich. Hier werde ich mir ein schickes Einfamilienhaus bauen, zehntausend Larven legen und meine Mottenkinder werden über Generationen froh darüber sein, dass ich dieses Licht gefunden habe." Und dann: BZZZZZZ. Hat das Licht die Motte mal kurz gekillt. Ohne Warnung. Ohne Grund. Tod. War am Ende dann auch dumm von der Motte. Und während die eine Hälfte dieses märchenhaften Gespanns gestorben ist, hat die andere mit Sicherheit nicht mal mitbekommen, dass da gerade etwas zerstört wurde. Für das Licht war es halt auch nur wieder irgendeine dumme Motte. Davon hat es schon tausende gebraten.

Wie Fliegen, Mücken und diese ekligen Spinnen, die fliegen können und viel zu lange Beine haben, die dann manchmal am Boden liegen. Ohne Spinne. Weil die schon verbrannt ist. Genauer betrachtet, bin ich wahrscheinlich sogar mehr wie eine dieser Spinnen und keine Motte. Die Spinne an sich gibt's nicht mehr. Aber so einzelne Beine liegen noch am Boden und wundern sich, wo ihr Körper hin verschwunden ist. Sie verstehen es nicht.

Und ich. Ich versteh es eben auch nicht. Ich habe mittlerweile aufgehört zu zählen, wie viele Tränen ich auf der Suche nach der Antwort vergossen habe (77.413). Oder wie viele Zigaretten ich seitdem geraucht habe (1.465), wie viele schlaflose Nächte ich da lag und mich gefragt habe, wie das passieren konnte (187). Wie viele Male ich mit zittrigen Händen an all den Orten stand, an denen man sich hätte begegnen können (56). Ich habe viel aufgegeben. Für lange Zeit vor allem mich selbst. Aber dich. Dich habe ich niemals aufgegeben. Und wie die Motten weiter ins Licht fliegen werden, werde ich für immer hier sitzen und mich wundern und hoffen, dass du irgendwann wieder hier stehst. Solls ja geben sowas. So ein Wunder wie den Urknall.

FRAGMENTDEPONIE

„Und ich, ich habe da eine große, schlecht heilende Wunde in meiner Brust. Eine klaffende, blutende Wunde. Mein Herz. Angezündet, durchbohrt und mit Stacheldraht verzurrt."

„Ich hab lange darauf gewartet, dass du dich entscheidest, für mich oder dich oder irgendwen und die Hoffnung dann mit der Erkenntnis begraben. Es ist an der Zeit die Segel zu setzen und das Gepäck auszuwählen, mit dem ich reisen möchte. Ich nehme viel von dir mit, aber mehr von mir selbst und ich bin mir ganz sicher, dass ich auf dem Weg noch unendlich viel mehr finden werde. Von mir. So wird heilen, was noch nicht wieder ganz ist und wachsen, was derzeit noch im Keim steckt."

„Ich flehe dich an. Tränen in meinen Augen. Bitte. Bitte. Bitte. Aber du ziehst mich einfach weiter. Die erste hohe Welle erfasst uns. Du lässt mich los. Ich gehe unter und kämpfe mich verzweifelt nach oben zurück. Ich kann dich nicht sehen. Bekomme Panik. Bist du untergegangen? Wirr schlage ich mit den Armen um mich. Meine Füße strampeln vor und zurück, ich versuche mich über Wasser zu halten. Schlucke Salzwasser. Gehe unter, tauche auf. Ich suche dich. Irgendwann schaffe ich es mein Gesicht dem Ufer zuzuwenden. Da stehst du. Eine Zigarette hast du angezündet. Du stehst seelenruhig am Ufer und siehst zu wie ich untergehe. Wie ich kämpfe."

„Das hier ist Herzkrieg, kein Liebeskummer. Du kannst nicht gewinnen, nur überleben."

„Ich bin kein kalter Mensch, aber alles was ich fühle und empfinde habe ich versteckt unter einer dicken, schützenden Schicht aus Schnee und Eis und Eis und Schnee und Schnee und Eis. Tief in mir tobt ein Sturm, den ich versuche unter Kontrolle zu halten und deswegen mag ich den Winter so sehr. Es ist still draußen, keiner sitzt dort und singt Lieder. Die meisten Leute sind Zuhause. Eingekuschelt in warme Decken, mit Tee und Punsch. Vielleicht sogar vor einem Kamin. Das ist friedlich und ruhig. Da kann der Sturm in mir noch so laut schreien und toben und mir Schnee und Eis ins Gesicht peitschen. Es ist ruhig und friedlich. Und so schön. Alles funkelt und glitzert. Ich liebe das. Wenn man kleine Wolken erschaffen und ihnen beim Aufsteigen in den Himmel zusehen kann, einfach nur indem man ein und ausatmet"

„Ich war sieben Jahre alt. Oder zwölf. Vielleicht auch schon sechzehn. So genau weiß ich das gar nicht, weil ich oft dort saß. Immer wenn die Welt mir zu laut und wild, zu unkontrollierbar und chaotisch wurde habe ich mich da auf die Steintreppen am Fluss hinter dem Haus meiner Großeltern gesetzt und aufs Wasser gestarrt. Frühling, Sommer, Herbst und Winter."

„Aber ich möchte gar nicht, dass diese Wunde heilt. Du magst sie mir zugefügt haben, aber ich reiße sie immer wieder neu auf. Lege eine extra Bahn Absperrband darum oder zünde an, was schon mal in Flammen stand. Ich möchte die Erinnerung an dich behalten. Also ertrage ich diesen Schmerz. Ich möchte sie behalten wie die Erinnerung an die guten und glücklichen Tage an diesem Ort. An damals. Als ich sieben war, oder zwölf. Vielleicht auch schon sechzehn."

„Wo du schon lange gebrochen und verzweifelt am Boden liegst. Da wo du dir klein, nutzlos und schwach vorkommst. Wo unendliches Leid und Perspektivlosigkeit herrschen. Da wo der Alkohol in rauen Mengen fließt und eine Schachtel Zigaretten nur noch für zwei Stunden hält. Da wo du nicht alleine sein kannst aber zeitgleich die Anwesenheit von anderen Menschen nicht mehr erträgst. Wo dein Herz und dein Kopf sich wüste Beschimpfungen zuschreien und du das Gefühl hast verloren auf hoher See zu treiben."

„Erst hielt ich es für ein Zeichen dafür, endlich zu heilen. Dann wurde mir klar: ich habe einfach nur alle Gefühle abgestellt."

„Von allem, was ich hätte werden können, bin ich geworden was ich bin."

„Da gabs noch so viel, was ich dir gerne gesagt hätte und ich verlier den Verstand darüber, dass ich es nicht mehr kann. Und klar, gibt es immer irgendwas, dass man nicht mehr gesagt hat. Aber das zwischen uns, das ist eine ganze Galaxie aus Unausgesprochenem, die droht zu implodieren."

„Es fällt mir wie Schuppen von den Augen und ich gebe auf. Ertrage diesen Schmerz der mich durchströmt und streiche über die Farbe wie eine alte Narbe. Es wird heilen, aber das wird Zeit brauchen."

„Soll ich es wirklich versuchen? Dort zu lachen, wo ich vorher noch geweint habe? Nur um den Sinn dieser Geschichte zu verdrehen?"

„Gegensätze ziehen sich an heißt es. Ohne die Nacht kein Tag. Ohne Ebbe keine Flut. Ohne das Leben kein Tod. Alles bedingt sich gegenseitig. Wir taten das."

„Ich stehe hier genauso dämlich vor dem Kaugummiautomat wie alle anderen auch und versuche den einen zu finden, den orangenen, den ich unbedingt haben möchte."

„Alle denken es geht mir gut, ich denke es ist vorbei."

TRÜMMERPRINZESSIN

Meine Mama hat als Jugendliche viel Heavy Metal und Rock gehört. Extrem viel. Unter anderem hat sie Warlock gehört. Knappe dreißig Jahre später höre ich Warlock. In meiner Küche. Während ich auf dem kalten Fliesenboden sitze, dem Käse im Ofen beim blubbern zuschaue und den letzten, erbärmlichen Rest aus der Weinflasche auf meine Zunge tropfen lasse. „I rule the ruins" dröhnt es aus meiner Soundanlage. Und dann ist es, als hätte mich gerade der Blitz getroffen. Mit einem Schlag hört nämlich dieses Selbstmitleid auf, in dem ich seit Monaten versinke. Dieses ständige jammern und heulen. Das bedauern und bereuen. Dieses unsägliche Fehler suchen und Ausreden finden. Alles hört auf. Und ja, da liegt ein Scherbenhaufen vor mir. Ein Berg aus Trümmern, so hoch wie der Mount Everest. Dazwischen ist jemand auf meinen Gefühlen herumgetrampelt und an der dunklen Ecke, in der für gewöhnlich die Drogendealer abhängen, hat jemand mein Herz angezündet. ABER und das ist die entscheidende Erkenntnis: ich bin noch da und halte das Zepter in der Hand. Ich herrsche über diesen Schutt, der früher einmal ein recht erfülltes Leben war. Und mein Gott, was habe ich mein Königreich verkommen lassen. Also gebe ich mir nun eine Nachhilfestunde in Selbstfürsorge und drehe die Musik noch lauter. Ich tanze durch die Küche wie eine Ziege die springt, ich drehe mich im Kreis bis ich Sterne sehe und sie zum Greifen nahe sind. Ich laufe Barfuß durch das Gras im Sommerregen und kaufe mir endlich diese Schuhe von denen jeder andere sagt, dass sie dämlich aussehen und hässlich sind aber mich erinnern sie an die Benjamin Blümchentorte meiner Kindheit. Ich ziehe die engen Jeans und die hohen Schuhe an, dann küsse ich das hübscheste Mädchen im Club. Ich kaufe den teuersten Wein aus dem Supermarkt und probiere endlich Kaviar um festzustellen, dass ich beides nicht mag. Ich lege mich nachts auf die Straße vor meinem Haus, spüre die Wärme des Tages vom Asphalt auf meiner Haut und beobachte die Sterne. Ich gehe im Schlafanzug zur Arbeit und wühle im Garten mit bloßen Händen im Dreck. Im Mondschein gehe ich nackt im See baden und schreie, wie ein angefahrenes Meerschweinchen als mir ein Fisch ein bisschen zu nahekommt. Ich gehe in Museen und ins Kino, in das teuerste Restaurant der Stadt und das alles ganz allein. Ich schlafe in den Betten fremder Männer und ein zwei Meter großer Russe schläft in meinem. Meine Freunde kommen zum Essen und zum Karaoke singen und ich besuche endlich wieder die Nerdläden und hänge dort mit Menschen ab, deren soziale Kontakte für gewöhnlich aus vorpubertären Kindern im Internet und ihren eigenen Müttern bestehen. Ich sammle die schönsten Steine beim Spazierengehen um sie dann mit viel Schwung in ein Glashaus zu werfen. Ein paar wenige werde ich in meine Hosentasche stecken und sie später in der Waschmaschine vergessen, fortan werde ich meine Kleidung in einer Wanne waschen müssen. Ich färbe mir die Haare erst pink, dann blau, dann grün und als sie von selbst orange werden schneide ich alle ab. Ich kaufe ein Kleid mit Rüschen und lasse mir ein neues Tattoo stechen. Betrunken fahre ich mit dem Rad gegen einen Laternenpfosten und schlage mir dabei die Knie auf aber zum Glück keinen Zahn aus. Ich renne mit den Wölfen um die Wette und wasche mir vor dem Schlafengehen immer brav die Füße. Ich besuche meine Großmutter und schreibe meiner Freundin aus Kindheitstagen einen Brief auf meiner verrosteten Schreibmaschine. Wann immer mir ein Lied in den Sinn kommt singe ich laut mit, egal ob ich gerade im Wartezimmer beim Arzt oder im allabendlichen Stau auf der A7 bin und ich den Text kann oder eben nicht. Ich führe ein Leben ohne Kompromisse und nach meinen eigenen Regeln. Mein Gehirn füllt sich mit Erinnerungen: bezaubernde Momente und unbeschreibliche Erlebnisse. Ich halte aus, was ich nicht mehr aushalten konnte und sehe die Schönheit in den Dingen wieder. Diese unendliche Schönheit in mir und wie besonders ich bin. Am Ende des Tages bin ich versöhnlich mit mir selbst und betrachte mein Königreich. Bestaune mein Leben und tanze noch eine letzte Runde durch mein Wohnzimmer. „I rule the ruins" schreie ich aus voller Brust und danke meiner Mutter stoßgebetartig für ihren Musikgeschmack und dann auch noch für mich.

GEFANGEN

Ich möchte nicht immer in meinem eigenen Kopf gefangen sein. Da ist alles laut und eng. Da sind Zweifel und Erwartungen, die ich niemals erfüllen kann. In meinem Kopf bin ich zu viel vom einen und zu wenig vom anderen. Viel zu wenig von so vielem. Ich wollte immer nur ausbrechen und am Ende habe ich es geschafft. War frei. Dann habe ich mir mein nächstes Gefängnis ausgesucht. Dein Herz. Da hast du mich weggesperrt und lässt mich auch nicht wieder raus, obwohl du mich dort genauso wenig haben möchtest wie ich mich in meinem eigenen Kopf.

DAUERLAUF

Jedes Mal, wenn ich dir gesagt habe wie sehr ich dich liebe bist du noch ein Stückchen weiter vor mir davongerannt. Lange Zeit konnte ich nicht verstehen warum. Auch heute bin ich mir noch nicht ganz sicher aber ich vermute, dass du gerannt bist weil du Angst vor dieser Liebe hattest. Angst vor einer Liebe, die so bedingungslos war wie meine. Weil du mich nie so lieben können wirst.

VERGISSMEINNICHT

Ich möchte dich nicht vergessen. Ich will einfach nicht. Ich möchte nicht eine Sekunde davon vergessen. Möchte nicht vergessen, wie ich mich gefühlt habe bei dir und wie der Klang deiner Stimme war. Ich möchte nicht vergessen, wie deine Augen in der Sonne funkeln und sich die Fältchen und Grübchen in deinem Gesicht formen, sobald du lächelst. Ich will nicht vergessen, wie zufrieden ich sein kann und wie wenig mir dafür reicht. Will nicht vergessen, wie das war als du bei mir Zuhause warst und wir zusammen Playstation gespielt haben. Ich möchte auch nicht vergessen wie du dich im Vorhang vor meiner Tür verfangen hast jedes Mal, wenn wir zum Rauchen gegangen sind und wie wir dann zitternd im Regen standen und mir trotzdem ganz warm ums Herz war. Ich will nicht vergessen wie schwer es mir immer viel mich von dir zu verabschieden und wie mein Puls sich fast unmerklich aber stetig beschleunigt hat sobald wir uns wieder sahen. Ich möchte nicht vergessen, dass sich Liebe so anfühlen kann und du der Mensch bist, der wie für mich gemacht schien. Ich möchte weder dich, noch mich oder das uns vergessen, das wir für so kurze Zeit waren. Alles was ich möchte, ist, dass die Erinnerung daran eines Tages nicht mehr weh tut.

EPILOG

Ich klappe das Notebook zu und schalte das Licht aus. Die Nacht verschwimmt langsam und der nächste Tag lässt sich bereits erahnen. Zusammen mit der letzten Zigarette zünde ich das kleine braune Notizbuch an, mit dem alles begann. Ein Ende. Ein neuer Anfang. Ich sehe zu wie die Tinte in Flammen aufgeht und der Schmerz der letzten Monate zu Asche und Staub zerfällt. Dann nehme ich einen letzten Zug, drücke meine Kippe aus, hole einmal tief Luft und lege mich mit kalten Füßen zu dem schlafenden Riesen ins Bett. Als ich mich in seine Arme lege, grummelt er leise vor sich hin.

„Ich bin fertig", flüstere ich.

„Und wie geht's dir jetzt damit?"

„Besser."

Ich fahre mit meinem Finger über seinen Nasenrücken und stupse mit dem Zeigefinger vier Mal auf seine Nasenspitze.

„Aber das liegt nicht am Buch, oder daran, dass es jetzt fertig ist."

„Sondern?"

„Das liegt an dir."

„So?"

„Ja, weil ich beim Schreiben gelernt habe, dass das Schreiben allein mich nicht heilt. Eine Beziehung führen lernt man eben nur in einer Beziehung."

„*Schlaues Mädchen.*"

Er grinst. Ich auch. Dabei drücke ich meinen Kopf noch ein bisschen tiefer in die Mulde zwischen seiner Brust und dem linken Arm.

„Und um Emotionen zu heilen muss man sie fühlen; um Traumata zu überwinden, muss man sich ihnen stellen; um alte Schemen zu ersetzen muss man Neue ausprobieren und du, du bist vielleicht nicht meine große Liebe und auch nicht meine Erste. Aber du bist die einzige Liebe, die momentan zählt."

„*Momentan?*" er blickt mich aus müden und verwunderten Augen an.

„Ja, du bist meine Gegenwart".

„*Und was ist mit der Zukunft?*"

„Die Zukunft?", ich lächle triumphierend in mich hinein. „Die Zukunft, die gehört mir."

DANKSAGUNG

Am Ende geht es immer um die Liebe: im Spiel, der Musik, der Kunst, im Leben und in allen Begegnungen darin. Meine Liebe hat dazu geführt, dass ich ein Buch geschrieben habe und auch wenn diese eine Begegnung mein Leben verändert und mir viel Kummer bereitet hat, hat sie mir auch die Augen dafür geöffnet, wie viele fantastische Menschen zu jeder Zeit um mich herum sind. Dafür bin ich unendlich dankbar und weil ich das viel zu selten sage, nutze ich die Gelegenheit jetzt hier. Verewigt auf Papier. Danke:

An erster Stelle bedanke ich mich bei den wichtigsten Menschen in meinem Leben: Mama und Papa. Danke für alles, was ihr für mich tut. Für eure unendliche Liebe und euer unerschütterliches Vertrauen in mich. Danke, dass ihr immer an mich glaubt und mal hinter, mal vor mir steht, je nachdem was ich dringender benötige. Danke fürs Vorleben von einer guten Partnerschaft und dass man fürs große Glück oft kleine Schritte gehen und harte Kämpfe austragen muss. Danke für diese Familie, in der ich aufwachsen durfte. Für Flausen im Kopf und all den offenen Türen. Für euer letztes Hemd und immer einen Platz Zuhause. Nichts macht mich stolzer als eure Tochter sein zu dürfen und ich hoffe ihr seid auch ein bisschen stolz auf mich. Ich liebe euch unbeschreiblich, für immer und einen Tag.

Danke an meine beiden bezaubernden Brüder: Julian und Fabian. Der geilste Job der Welt, wird es immer sein eure große Schwester sein zu dürfen. Eure bloße Existenz macht die Welt zu einem besseren Ort und uns zu einem unschlagbaren Trio. Was der eine alleine nicht kann, das schaffen wir immer zusammen. Danke für all die kleinen Gesten und großen Taten. Ich liebe euch und die großartigen Menschen, zu denen ihr geworden seid.

Dann gibt's da noch diesen einen Menschen, der wortwörtlich meine bessere Hälfte ist und die mir meine eigene kleine Familie geschenkt hat. Wörter können nie beschreiben wie sehr ich dich liebe, Sirupnase. Du bist mein Mensch. Danke Sarah, für absolut alles aber am meisten für dich. Danke an Liam, William, Henry und Murmel für eure Liebe, die vorgekauten Gurken, für Schokofinger im Gesicht, Kiesel in meinen Schuhen und für all die Abenteuer, die eure Kindheit für uns bereithält.

Danke Oliver, für eine Freundschaft, die sich wie der große Bruder anfühlt, den ich nie bekommen habe. Danke für Pferde auf dem Heimweg, mehr White Russians als meine Leber verträgt, für all die Verschwörungstheorien und das unnütze Wissen. Danke dafür, dass du auf unsere inneren Kinder aufpasst und das Leben mit mir nie so ernst nimmst, wie ich das tue.

Danke A., für die Liebe.

Danke an alle anderen Menschen in meinem Leben, die es mit mir aushalten, obwohl ich manchmal schreiend vor mir selbst davonrennen will:
Danke: Daniel, Katja, Micha, Freddy, Desi, Anja, Verena, Steffy, Rosi, Peter, Christina, Sissi, Michelle, Elena, Via, Moni, Niki und Sebastian.

In Gedenken und tiefer Trauer: Danke Eugen, Romy, Maria, Giovanni und Xaver.

Ein besonderer Dank geht an dieser Stelle außerdem raus an Luke Skywalker, Han Solo, Justus Jonas, Peter Shaw, Bob Andrews, Columbo, Sherlock Holmes und Bruder Malte aus dem einfachen Grund: weil.

Und zu guter Letzt: Danke DIR. Fürs kaufen und lesen. Das bedeutet mir die Welt, ehrlich. Ich hoffe, dass dieses Buch dir ein Licht im Dunkeln sein kann und du damit vielleicht deinen Heimweg findest. Egal wo es dich hinführen wird, dein Leben, vertrau drauf, dass es schon gut werden wird. Du bist genug. Gestern, Heute und in alle Ewigkeit.

Gruß und Kuss

Irina

ENDE?

IMMER WIEDER SONNTAGS

Wir schauen uns tief in die Augen, seine sind blau wie der Ozean. Meine hingegen sind dunkelbraun, fast schwarz und man verliert sich immer ein bisschen darin. Wir liegen in meinem Bett zwischen zartrosa Laken und der Regen prasselt leise gegen mein Fenster. Es ist, wie es jeden Sonntag ist und es gut. Als wir uns küssen, klingelt mein Telefon.

„Geh nicht ran." murmelt er und versucht mich am Arm zurück neben ihn ins Bett zu ziehen, während ich hastig nach meinem Telefon auf dem Beistelltisch greife. Mir gefriert das Blut in den Adern, als ich deinen Namen auf dem Display leuchten sehe und mit Panik im Herzen, nehme ich deinen Anruf entgegen.

„Hey, ist was passiert?" frage ich mit besorgter Stimme, während ich in meine gelben Hausschuhe schlüpfe und die Türe zu meinem Schlafzimmer hinter mir schließe.

„Nein. Mir geht's gut ich fürchte nur, ich vermisse dich."

„Das ist schlecht."

„Hör zu, ich weiß, dass das nicht deine Schuld war, sondern meine Entscheidung aber können wir die Zeit nicht nochmal zurückdrehen?"

„Wohin willst du sie denn drehen? An den Tag an dem wir noch zusammen waren aber irgendwie auch nicht richtig. Als es noch

137

kein vermissen gab und auch kein nicht-mehr-weiter-wissen?
Willst du die Tage zurückholen, an denen du nur noch weg woll-
test und ich meine Zeit damit verschwendet habe, zu rechtferti-
gen und zu entschuldigen, bis zu dem Moment an dem ich es
erst aus mir hinaus gebrüllt und dann tief in mir verschlossen
habe? Ich kann nämlich gerne darauf verzichten. Kann auf die
Zeiten verzichten, in denen wir uns angeschwiegen haben und
trotzdem alles in mir laut war: das Vermissen und der Schmerz,
der Kopf und das Herz. Alles war so unerträglich laut also bin
ich in die Welt gezogen und habe mich gefragt, ob du mich auch
vermisst, ob du auf dein Display schaust und hoffst, dass ich es
bin, die sich meldet. Ich habe mich gefragt ob du in anderen
Betten liegst und neue Frauen liebst, weil du mich nicht lieben
konntest. Ob du mich auch in den Augen von anderen Menschen
suchst und ob mein Lachen noch in deinen Ohren nachhallt.
Weißt du, ich habe eine unendlich lange Zeit auf dich gewartet
und gehofft. Aber mein Schmerz ist jetzt zu Ende und ich kann
nichts dafür, dass deiner erst anfängt."

Es knackt kurz am anderen Ende der Leitung bevor ich das
tuten hören kann. Mit tauben Fingern tippe ich eine Nachricht.
Eine letzte: *„Ich werde dich immer lieben aber am Ende, ver-*
liere ich lieber dich als mich selbst."

Mein Magen krampft sich ein wenig zusammen und ein merk-
würdiges Kribbeln durchfährt meinen Körper, dann höre ich
Schritte im Flur und spüre zwei Hände an meinen Hüften.

„War es wichtig?" aus schlaftrunkenen, blauen Augen schaut er mich an. Seine Haare sind zerzaust und stehen in alle Himmelsrichtungen ab.

„Ja, das war es tatsächlich aber im Nachhinein betrachtet wird es keine große Rolle mehr spielen." ich streiche sanft über seine Handrücken ehe ich mich aus seiner Umarmung löse. Dann küsse ich seine linke Wange und tanze in die Küche. Ich mache uns Frühstück und trage das Tablett zurück ins Bett, er kommt mit zwei Tassen Kaffee hinterher und als wir da so sitzen, in meinem Bett mit den zartrosa Laken, Rührei essen und Kaffee trinken denke ich nicht mehr an dich. Ich bin glücklich. Es ist, wie es jeden Sonntag ist und es gut.

MIX

Papier | Fördert
gute Waldnutzung

FSC® C083411

Zeitfracht Medien GmbH
Ferdinand-Jühlke-Straße 7
99095 Erfurt, Deutschland
produktsicherheit@kolibri360.de